刀語（カタナガタリ）

西尾維新

第四話 薄刀（ハクトウ）・針（ハリ）

BOOK & BOX ORIGINAL DESIGN by VEIA

刀語（カタナガタリ）

第四話

薄刀・針

序章
一章——真庭蟲組
二章——拷問時間
三章——觀習
四章——一億病魔
終章

插畫：竹
書法：平田弘史

序章

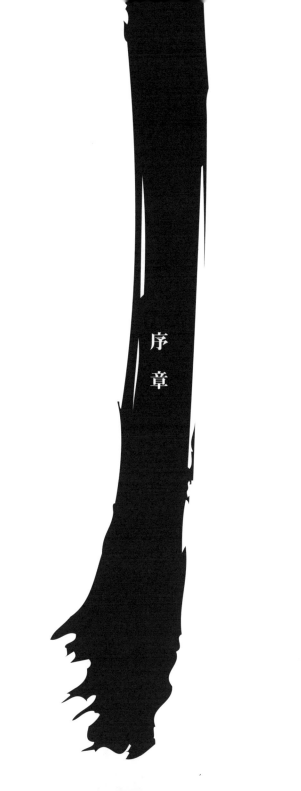

■■

由真庭忍軍十二首領之一真庭蝙蝠手中奪得絕刀「鉋」。
由下酷城城主宇練銀閣手中奪得斬刀「鈍」。
由三途神社掌理人敦賀迷彩手中奪得千刀「鎩」。
傳奇刀匠四季崎記紀所造的這十二把完成形變體刀，就連舊將軍殫精竭慮亦不能集得；然而奇策士咎女與她的隨從——虛刀流第七代掌門鑢七花卻只花了短短三個月便成功集得三把。他們於出雲集得第三把刀後，原欲先回幕府中樞所在的尾張城一趟——

一個月後，時值四月。
他們倆身在現代的山口縣東部——周防郊外的某個小村子裡。那村子並無驛站，村民多賴漁業維生，自然也不會有客店。幕府的威勢在這種鄉下地方不見得管用，因此他們倆並未表明身分，只佯稱是居無定所的江湖藝人，借宿於村長家的倉庫之中。咎女那頭異彩燦然的白髮與奢華絢麗的衣裝，還有七花那苗條卻結實魁偉的體格偽裝成江湖藝人，正是再合適不過；咎女不禁暗打算盤，今後也可多多利用這個法兒。

夜半。

七花躺在村長好意相借（那村長乃是時下少見的善心人，全然不懂得懷疑別人，教人不禁揣測他是否光靠善良而坐上了村長大位）的草席之上，閉目養神；此時，倉庫大門呀然開啟。

原來是咎女外出歸來。

「七七，快起來。」

「我沒睡。」

在咎女的叫喚之下，七花睜開了眼。七花只是閉目養神，身為一把刀的他，可沒厚顏無恥到在主人咎女歸來之前先睡的地步。只要躺著，他便能養精蓄銳。

他在等咎女回來。

「是麼？很好——」

咎女反手關上門，來到七花身邊，二話不說便躺下。

七花早料到咎女會這麼做，在她後腦觸地之前便搶先將自己的手臂放入她的腦袋之下。七花鍛鍊得結結實實的手臂當起枕頭是稍嫌過硬，不過咎女並未埋怨。

「唉……累煞我了。」

「瞧妳累的，招呼我一聲，我就會幫忙了啊！」

「唔，這是我的工作，不能要七七你幫手。」

她逞起強來也少了點兒霸氣，

看來似乎真累得緊。

……順道一提，「七七」二字，乃是咎女不久前為鑢七花取的小名。

詳細的來龍去脈表過不提，諸位看官可比照第二卷開頭時的情景想像一番便是了。

對於這片面定下的小名，七花自然是感觸良多（「妳當是在辦喪事啊！」）；然而他並未反抗，只是逆來順受。反正依照咎女的性子，要不了多久便會膩了。

話說回來，七花自小便生長於無人島上的簡陋小屋之中，對落腳處自是不甚苛求（對七花而言，這個倉庫還比他從前住的小屋好）；但咎女生於權勢滔天的大名之家，目前又是幕府直轄預奉所總監督，竟會自願住在這種與露宿野外無異的陋室之中，著實教人意外。七花於尋找落腳處時，往往一反他粗率馬虎的性格，細心留意著找像樣點兒的地方，以免咎女住不慣；沒想到反而是咎女本人不怎麼挑剔。

其實只消試想她從大名之女變為幕府直屬官員之間歷經了多少艱辛困苦，或許也不怎麼值得意外。

她是個為達目的不擇手段的女子。

「明兒一早便向村長辭行啟程吧！」

「唔？」

「明兒一早！」

「唔……」

咎女睡下片刻之後又如是說道，七花聞言略感驚訝。

「這麼快？妳不是說要在這裡待上一陣子，等待回報嗎？等那個叫什麼錆白兵來著的消息。」

「用不著等了。」

「啊？」

「幾天前錆發現了跟蹤者，居然光明正大地下了戰書，直教我懷疑他是不是故意被跟蹤的。嘿咻！」

咎女緩緩起身，從懷中取出一封書信，淡然遞給七花，接著便走到倉庫角落，開始寬衣解帶。

看來她只是在外奔波累了，躺下來小憩片刻，並不打算直接就寢。

仔細一想，咎女的裝扮並不適合睡覺——她那身衣服厚重得連走路都嫌累贅，一進屋裡便要脫下，更何況是就寢之時。

「唔，戰書是嗎？我前一陣子聽人家說，現在已經沒什麼人在下戰書啦！」

「錆白兵是個崇尚古風的人。好了，爾快觀看吧！」

「可是我看不懂平假名啊！」

「哦！那倒是。」

咎女將衣服一件件脫下。

此時正值夜晚，星月的光輝將倉庫裡照得通明，可是咎女脫下這身媲美十二單衣的厚重服飾之時，卻不帶半點兒羞怯之情。

奇策士與虛刀流第七代掌門人同行已有三月餘，起先他們還嚴守分際，公私分明；但如今過於相熟，一切都變得馬馬虎虎。

「七七！」

「做什麼？」

「頭髮礙事，替我把著。」

「是，是！」

七花依言離開草席，走向更衣中的咎女，輕輕地把著她的白髮。

…………

這光景著實教人啼笑皆非。

的確，雖然咎女曾過過苦日子，但她畢竟是金枝玉葉出身，現在又是幕府裡的高官，以這種態度對待隨從，似乎也無可厚非。

但是七花那毫無忸怩之情與非分之想，一派理所當然的態度，卻顯得怪異至極。

生長於無人島，成不了沒有性欲的理由。

不過，或許正因為如此——咎女想道。

正因為如此，

七花才能像擊斃頭號敵人真庭蝙蝠與第二號敵人宇練銀閣一般地格殺敦賀迷彩。

無論哪種人，對待同性與異性時的態度方法皆有不同，劍客殺人時亦然。

天底下沒有劍客能用殺男人的方法去殺女人——咎女向來如此認為，直到上個月才改變了看法。

有的人不忍對異性下手，

有的人殺起異性來格外興奮；

說得極端點兒，所有人都屬於這兩類之一。

然而七花不同，

他不屬於任何一類。

他擊殺迷彩時，與擊殺之前的二人並無二致。

要說極端，這才是極端。

七花如此麻木不仁的理由，十之八九與他缺乏性欲——即便不是性欲全無，也是清心寡欲——脫離不了關係。剩下九把變體刀的主人不見得全是男人，是以對咎女而言，這倒算是個好消息。

不過這麼一來，又多了個新疑問。

沒有男女之別，亦無男女之見。

那麼這個男人——這把刀，

究竟愛上我哪一點？

「這封戰書裡寫了什麼？」

「上頭用著溫文有禮的措辭洋洋灑灑地寫滿了他的主張；若要將文意簡單扼要地整理一番，讓爾也能懂得，便是——『以四季崎記紀的刀為賭注，一決勝負。』」

「真是直來直往啊！」

「嗯。」

「這下我可越來越奇怪啦！既然他是這麼個崇尚古風又直來直往的漢子，怎麼會為了一把刀背叛妳，背叛效忠的幕府？」

日本最強的劍客，錆白兵。

咎女決意集刀之後，在雇用七花前所雇的劍客便是他；只是他自甘墮落，已成了個墮劍客。

但他終究是劍聖。

「錆越有劍客風範，四季崎記紀之刀的毒性便越為奏效，令他深受毒害，無可自拔。」

「哦？」

「唉！早在得到四季崎記紀之刀前，錆便因過於堅持劍客風範而變得不近人情；如今變得如此，倒也是在所難免，理所當然。」

咎女與七花通過出雲的關卡時，有個幕府使者前來相見。

先前咎女曾言道，公儀隱密受真庭忍軍的背叛所牽連，在幕府的信譽一落千丈；而那名使者即是公儀隱密之人。

那使者說他掌握了錆白兵的下落。原來不只咎女所屬的軍所，連公儀隱密也在全力搜找背叛者錆白兵；他們使盡渾身解數，為的便是恢復因池魚之殃而失的信譽。

只不過，縱使掌握了下落，一來錆白兵擁有完成形變體刀之一的薄刀

「針」，二來集刀任務乃由咎女全權負責，公儀隱密不能擅自插手；更何況當時咎女已奪得絕刀與斬刀，正在奪取千刀，因此只得等候咎女定奪，再採取下一步行動。

如此這般，咎女與七花的目的地，便從京都、因幡、出雲一路往西——來到了鑄白兵潛匿的周防。

一路往西。

「從鑄的挑戰書內文看來，他似乎已經知道咱們奪得了刀？」

「至少知道我們奪得了絕刀與斬刀。如今又過了一個月，即使他得知千刀之事也不足為奇。」

「情報這種玩意兒，還真是無所不露啊！」

「因為處處都有口風不緊的傢伙。再說，像鑄如此高強的劍客，不乏醉心於其劍術而鼎力相助之人；有了人脈，自然是如虎添翼。武功越是蓋世拔群，越能吸引他人……鑄頂著劍聖高名，更是左右逢源。老實說，我並不希望爾這麼早對上鑄白兵……不過事已至此，無可奈何。我會竭力定計，爾只管全力以赴便是。」

「薄刀『針』乃是以『輕巧』與『刃薄』為重點而造的刀……若是使法不對，胡揮一通，便會立刻折損，更不能以刀格刀……」

「薄刀刃薄，幾近透明，甚至可隔著刀身看見刀後的物事。爾未親眼見識過，任我說破了嘴，只怕也難以想像吧！如爾所言，那刀非常脆弱……卻也因而美麗異常。」

「美麗？若把刀拿來當鑑賞品，的確是美麗便夠了。不過這下子可麻煩了；這刀說什麼以『刃薄』為重點，其實根本是『脆弱』嘛！要我奪刀又不可損及刀身分毫——」

「站在我的立場，或許不該這麼說……我想爾這回最好別淨顧著護刀。錆白兵的實力不容小覷，使用薄刀，對他而言既非負擔，亦非枷鎖。他那日本第一高手的名號絕不是浪得虛名，使薄刀之於他，與使尋常刀劍並無兩樣。其實以他劍法之精，自是不會胡亂揮刀攻擊；至於以刀格刀麼……只怕至今仍無人能逼得他出刀格擋呢！」

「日本第一高手真有這麼厲害？」

「錆外表看來是個貌若婦人的總髮美少年，然而劍術之精絕，竟有一刀斷日之譽……他是個天生的劍客，只可惜生錯了時代，若是能投身於先前的大亂——不，若是生於戰國時代，必能站上顛峰。」

鑢白兵生於大亂之後，今年方才二十歲。

說白了，幕府其實是怕了這個年輕人，才把這燙手山芋丟給咎女處置。不過，被搶了工作的公儀隱密或許不這麼想便是了。

當然，對咎女而言，能親手清理背叛者乃是求之不得之事；收拾鑢白兵的工作，她自是當仁不讓。

然而問題卻在於時機。

現在還不是時候。

咎女原希望等到七花多累積點兒實戰經驗以後，再與鑢白兵交手。

實戰——七花經歷過的打鬥之中，真正以命相搏者，只有集刀的那三回。

雖然咎女對於七花的實力已無懷疑，但第四次實戰的對手竟是鑢白兵……

老實說，饒是咎女亦無計可施。

然而，咎女不能放過這個機會。

她不能錯失截住鑢白兵的機會。

錆擁有完成形變體刀，而且是薄刀「針」；他的本領固然無庸置疑，但薄刀脆弱無比，誰知幾時會出岔損了刀？

只消錆滑了腳、跌個跤，那把刀登時完蛋。

目前薄刀仍毫髮無傷，已是個奇蹟了。

薄刀原本就是十二把刀中最該搶先奪得的一把。

「錆下了這封戰書，可見得他也有集刀之意；看來刀毒對他的影響甚鉅。不過，根據隱密的調查，錆似乎未能奪得薄刀以外的變體刀；如今見我們順利奪得三刀，想必是又妒又羨。有了這股妒恨助威，他的劍勢定是更加凌厲，可要怎麼應付才好？唯一的可乘之機，便是他自負劍聖劍豪之名所生的輕慢之心——」

「咎女。」

咎女除去層層華服，只剩下一件襦絆之際，七花硬生生地打斷咎女，將她的頭髮披在自己的手臂上，雙掌圈著她的鎖骨。

「妳的心情我懂，但別在我面前大肆褒揚其他的刀。錆有多麼高強我不清楚，可虛刀流也是最強的劍法啊！身為妳的刀，我有我的傲氣，別過度刺激我。」

「啊，嗯。」

赤裸裸的嫉妒心。

七花這種幼稚之處最為棘手，不過對咎女而言，反倒好控制。

只是她也認為，七花這種為了雞毛蒜皮小事而鬧脾氣的習慣，總有一天得教他改過來。

如今還來不及教他改正，各方面的準備尚未周全，便要趕鴨子上架。

枉費先前的集刀之旅如此順遂，難道竟要栽在這一戰？

「……慢著，鎖骨，別碰鎖骨，我的鎖骨很敏感！」

「？」

「快、快放手啊！渾身發軟，我渾身發軟啦！別這樣別這樣別這樣！拜託！」

「……？我沒用力捏，只是輕輕摸啊！」

「就是這樣才糟糕……呀，呀癢癢！」

「陽陽？那是什麼啊？棲息於大陸的稀有黑白動物的名字嗎？妳沒事吧？

怪可怕的。」

「反、反正爾乖乖把著頭髮便是！真、真的不成啦！對不起對不起對不起，饒了我吧！」

七花雖然一頭霧水，還是照著咎女的話做了。

正因為他沒有歹念，所以更教人不知如何應對。

「我真搞不懂妳啊！咎女。」

「這話爾沒資格說……也罷，但願爾這種性子能在對上錆白兵時發揮正面功效。據說連男人都會被錆那溫雅俊美的容貌所迷惑。」

與錆白兵為敵之人見了他時，往往萌生輕慢之心。

的確，他的樣貌與天下第一高手之名相去甚遠，就連奇策士咎女初見錆時，也覺得是譽過其實。

然而，事實並非如此。

錆確實是不折不扣的日本第一高手，

年僅弱冠，便已臻武學顛峰。

「可是啊，咎女，咱們也可以往好處想啊！既然他是日本第一高手，只要我勝了他，我就是日本第一了，是吧？」

「嗯，可以這麼說……原來爾有爭奪這個名號之意？」

「身為劍客——身為刀，這個名號的確頗有魅力。有了這個名號，才夠格當妳的幫手啊！」

「唔……這倒教我意外。不過……」

咎女勸誡道：

「不知有多少人為奪此名而向錆挑戰，最後卻命喪黃泉——與其動這些無謂的貪念，不如先專心想想如何留住一條命。」

「留住一條命？反正要是我贏不了，也唯有死路一條吧？」

「那倒是——」

贏得了麼？

此戰的勝敗直接左右生死，但七花全無遁逃之念，不知該說他可靠，或是愚蠢？

對手可是墮劍客啊！

「…………」

咎女這樣的念頭，對一路同行至今的七花豈止失禮，甚至可說是種侮辱；但站在咎女的立場，她卻不由得去想。

不得不想。

在真庭忍軍的真庭蝙蝠背叛之後所雇用的第二號幫手錆白兵，若是沒背叛自己——沒背叛幕府，而是盡忠職守地協助集刀，不知現在已集得了多少把變體刀？

只要有日本最強的劍法與自己的智計——

三把刀。

會是更少，抑或更多？

「……好，可以放下頭髮了。」

「嗯。」

「替我繫衣帶。」

「是，是！」

待咎女換上寢衣，他們倆又回到草席上睡下，七花照舊伸出了手臂給咎女當枕頭。他們相依而睡，自然也包含了護衛的意味在。

「那咱們該怎麼辦？要接受挑戰嗎？」

「至少表面上不得不接受。我會想幾條計策……不，在回來的路上，我已經想了幾條計，但全都是聊勝於無的辦法，能否成功，只能聽天由命。」

「聽天由命……？」

「其餘的便待明天啟程之後在路上想吧！總會有法子的。」

「總會有法子？這話也挺含糊的……路上？離這裡很遠嗎？」

「有好一段路，而且得搭船。」

「船？」

「約戰地點乃是巖流島。」

「巖流島……」

「一百多年前，那兒曾發生過長刀與雙刀的決戰；爾亦是劍客，即便不用刀劍，也該聽過這段故事吧？錆白兵連在約戰之時也崇尚古風。」

「……惹人厭的傢伙。」

聽咎女一再讚美錆白兵，七花鬧上了彆扭；說完這句話，兩人便打住話題睡下了。七花待咎女入眠之後，方才放鬆心神。

在沉入夢鄉之前，他如此想道。

日本第一高手——錆白兵。

——他可有強過姊姊？

■ ■

似漫長又似短暫的四個月！

似痛苦又似愉快的四個月！

兩人的旅程將在這一回邁入中盤！

感謝各位看官長期以來的愛護……這話似乎言之過早!?

薄刀『針』是如何的神兵利器？

日本第一高手錆白兵又是何方神聖？

面對這突如其來的猝發事態，七花與咎女將何去何從——話說回來，這世上也沒有不突如其來的猝發事態便是了。

緊張刺激的決戰就在巖流島！
限用一次的禁招！
一體，全體，時代劇。
刀語第四卷，於焉展開！

一章 真庭蟲組

■ ■

那三人組看來便是異常至極。

雖說是三人組，可他們外貌上的共通點只有性別及打扮而已，其他俱不相同。

一個是無髻散髮的矮小男子。

一個是長髮披垂的高大男子。

一個是將頭髮剃得精短，不高不矮的男子。

他們的眼神、表情及整體上予人的印象也大相逕庭，因此除了同為男人、身著忍裝之外，當真找不出半個共通點。

他們的忍裝截去了衣袖，纏滿鎖鍊，大異於尋常忍裝；而他們雖是忍者，卻未蒙面。

饒是如此，他們身為忍者之事仍是一目瞭然。

他們三人正如行雲流水一般不斷前行，那移動的模樣才是異常得緊。

三人之中，最為矮小的那位散髮男子，

他在行走之時，左右肩膀竟分載著其餘兩人。即便是載著孩童，亦難如此行走，更何況是載著兩個體格大過自己的男人？但那散髮男子竟是神色自若地行此異舉。

一步步地，

一路前行。

不過，光是如此，或許還可解釋為散髮男子力大無窮；只可惜他們的移動方式之中卻有個荒誕不經的要素，否決了這個平易近人的解釋。

他們並非在陸地上移動——

而是在海上。

一步步地，

一路前行。

只見那散髮男子神色自若，無視於水波與飛沫。

他並未在水上使用任何機關，便能以肩分載兩人行走。

莫非只要先踏出右腳，趁著右腳沉入水中之前踩出左腳，再趁著左腳沉入水中之前踏出右腳，就能在水面上行走？當然，這種騙小孩用的知名詭辯決計不能解釋眼前的異狀。

這三人組如此古裡古怪，不是忍者，又會是什麼？

「…………………」

「…………………」

「…………………」

截去雙袖的忍裝。

纏繞全身的防禦用鎖鍊。

未曾蒙面。

用不著重新介紹，想必各位看官也已明白了——他們便是真庭忍軍十二首領。

■　■

過去奇策士咎女曾如此形容專精於暗殺的忍者集團真庭忍軍：「真庭忍軍

不喜集體行動——不，是無須集體行動。」這話並不是身為尾張幕府軍所總監督的咎女從平時的往來之中所得的個人感想，而是切合實際的看法。

他們的確無須集體行動，此乃不折不扣的事實。

然而真庭忍軍畢竟為一組織，自然有其派系及職務之分，否則又何須立下十二名首領？意即真庭里總數一百數十名忍者，是需要這麼多首領來統率領導的。

因此，十二即是真庭忍軍的最小單位。而這十二名首領之中，每三人又結為一派。

是以真庭忍軍可分為四派，分別是：

真庭鳥組。

真庭獸組。

真庭魚組。

真庭蟲組。

具體而言，七花的第一號敵人真庭蝙蝠屬於獸組，為宇練銀閣所殺的真庭白鷺屬於鳥組，為敦賀迷彩所殺的真庭食鮫屬於魚組。

不過，他們畢竟是「無須集體行動」之人，因此這些區分其實不甚嚴密，只是個基準而已。以真庭蝙蝠為例，他雖屬獸組，與鳥組卻也過從甚密。至於真庭蟲組的三位首領更是肝膽相照的腹心之友，真庭里中無人不知，無人不曉。若是知道此事，或許咎女也不會說出先前那番話了。

總而言之，言而總之。

真庭蝴蝶。

真庭蜜蜂。

真庭螳螂。

這就是真庭忍軍真庭蟲組三位首領的名字。

「……話說回來，當真教人費解。」

開口說話的，是將頭髮剃得精短，不高不矮的男子——真庭螳螂。

「咱們沾上了那個叫做四季崎記紀的刀匠所鑄的刀，也不過才幾個月時間……區區數月之內，真庭忍軍便已折了三名首領，實在難以置信。」

「但這可是千真萬確的情報。」

回話的是坐在另一側肩上的長髮男子——真庭蜜蜂。他是三人之中唯一佩刀者，佩的卻非忍刀，而是把漂亮的大太刀。

「蝙蝠大哥、白鷺大哥與食鮫大哥在這三個月之間一一喪命，定是爭奪變體刀時失了手，給人殺了。其實我也不願相信啊……其餘六人也不知怎麼了。當然啦，我不好胡亂猜測——」

「蝙蝠兄的情況，倒還情有可原。」

肩膀上載著兩個人，行走於洶湧海面上的散髮矮小男子——真庭蝴蝶說道：

「蝙蝠兄的確是出類拔萃的忍者，但他的忍法用處有限，有時連一半實力都發揮不出。」

「再說他這人又闊氣。」

蜜蜂自嘲似地說道：

「為了逗對手開心，有時還會故意輸呢！他最愛逗弄人了，壓根兒不管對方是敵是友。或許便是他插科打諢的時候被乘了隙。」

「……蝙蝠死了……絕刀被奪，對真庭忍軍而言可是一記重擊。」

螳螂說道，但蜜蜂卻無視於他，繼續說話：

「不過，鳥組的白鷺大哥和魚組的食鮫大哥接連被殺，可就不能等閒視之了——蝴蝶大哥，你方才那句話便是這個意思吧？『反話白鷺』與『鎖縛食鮫』居然才剛開始蒐集四季崎記紀之刀便——」

「說得更嚴密點兒，是在沾上虛刀流以後。」

蝴蝶說道：

「那個囂張跋扈的奇策士雇了虛刀流掌門來接咱們的工作之後，真庭里便走起了霉運。」

「……你們後悔了？」

螳螂如此相詢。

「難道你們願意繼續唯唯諾諾地聽從尾張幕府的擺布過活嗎？」

「怎麼會？」

「我們才不後悔。」

兩人幾乎同時回答。

雖然已失去了三名弟兄，他們的口吻之中依舊不帶半點兒遲疑。

「只不過，繼續挨打下去，可就壞了真庭忍軍的威名。奇策士現在八成正撫掌大笑吧？笑咱們真庭忍軍一離開她，便開始走下坡。」

「十二首領被殺了三人，也難怪人家這麼想。說真格的，咱們真庭忍軍也夠窩囊了。不過走著瞧，我們馬上會還以顏色。」

「你們可別搞錯對象了，奇策士與我們無關，對我們而言也不成問題；問題是在於虛刀流。蝙蝠的絕刀原先便是奇策士設計奪來之物，倒還罷了；但能奪得斬刀與千刀，憑的可是虛刀流掌門的實力，萬萬不容小覷。」

「虛刀流啊？我曾聽過，大亂的英雄。發生大亂的時候，咱們的父執輩也曾大展身手，但還稱不上英雄二字。」

「有哪個時代的忍者能成為英雄？」

蜜蜂說道：

「再說，蝴蝶大哥——咱們的對手不是大亂英雄，而是他兒子。」

「年輕人才可怕，初生之犢不畏虎啊！就像你一樣。」

「不不不，我可沒多大本領，這次跟著來，只是想學習學習兩位的忍法。」

「哼，你還真會賣乖啊！裝模作樣——」

螳螂懶懶地哼了一聲。

「既然如此，你的那份就免了吧？本來說好解決虛刀流小子之後，由咱們蟲組三人平分三把變體刀；不過既然你這麼說了——」

「不不不，這和那可是兩碼子事。」

蜜蜂連忙改口，引來一陣大笑。正當此時——

渡海而行的三人望見了一座島嶼。

那是座小島。

而這座小島便是他們的目的地。

「哦，快到啦！蝴蝶大哥——不愧是『無重蝴蝶』，像這樣的小海域，即便載著兩個人也能一跨而過。」

「雖說這已經不是頭一遭了，感覺還是挺新鮮的。」

「不，這回我可也累了。」

蝴蝶疲態俱現：

「距離比我目測的還遠，到了島上以後，不先休息半刻鐘，只怕我撐不住。」

蝴蝶進行最後衝刺，加快了步調，小島越來越近。當他們接近小島後，為防被島上之人發現，便自東邊繞過沙灘，從斷崖絕壁上岸。

「走吧！」

真庭螳螂說道：

「如蝴蝶般飛舞，如蜜蜂般螫刺，如螳螂般捕食——真庭忍軍真庭蟲組來也！」

那座小島並非名垂青史的巖流島。

那是座方圓四里大的小島，連地圖上也未見記載，亦無名字。巖流島可是與過去舊將軍獵刀令的副產物——供奉了刀大佛的四國鞘走山清涼院護劍寺並稱為劍客兩大聖地之所，這座蕞爾小島壓根兒不配相提並論。

不過，也有人如此稱呼這座小島——不承島。

■　■

奇策士咎女集刀的理由，業已說明過數次；同樣地，鑄白兵背叛咎女自行集刀的理由，應也是無庸再提。

那麼真庭里之人又是為何蒐集四季崎記紀的完成形變體刀呢？

他們是忍者，不是劍客，四季崎記紀的刀毒對他們而言效用不大；再者，實際碰過刀的只有真庭蝙蝠一人，斷無整個里因而背叛幕府之理。畢竟真庭忍軍有十餘名首領，並非一人專斷獨裁。

那麼，他們背叛的理由為何？

理由便在於錢。

四季崎記紀之刀把把價值連城，若能十二把全數得手，總額可是個天文數字，與獲得金山開採權無異。

只要有了這筆錢——不，縱使十二把中只奪得了三、四把，也已足夠拯救真庭里。

沒錯，拯救真庭里。

如今已非戰國時代。

尾張幕府——家鳴將軍家的統治體制已持續了一百五十年以上，這些年來四海昇平，勉強可稱之為戰爭的只有二十年前的大亂。在這個時代——不，即便是包含現代在內的人類史上，也沒有一個國家能像這個時代的日本一樣血腥味淡薄。

天下靖定，固然令人慶幸；

但這樣的環境亦有其黑暗的一面。

有些人只能在戰亂中生存。

有些人乃是專為戰爭培育。

武士及劍客自是不消說——真庭忍軍、伊賀、甲賀或風魔等與戰國時代諸大名密不可分的無賴，亦是最好的例子。

尾張幕府君臨天下以來，真庭忍軍的用場便如螳螂所言，只有先前的大亂之時；其他時候分派到的工作，均是些瑣碎雜務。

尋常忍者或許尚能順應時代存活，但真庭里的真庭忍軍專事暗殺，於忍者中乃是異端。

這樣的異類，如何在太平盛世中過活？

只知征戰殺伐的人，如何在太平盛世中生存？

真庭里窮困潦倒，連傳承忍法都成了問題；在這一百數十年來，不知有多少寶貴的忍法失傳。

不光是忍法，去年甚至有人餓死。

不用的刀，只會生鏽，只會腐朽。

忍法忍術並非裝飾品。

有人說真庭忍軍是死要錢；與其真死，當個死要錢的還來得好上許多。光是聽命於幕府，他們無以維生——如果繼續當幕府的看門狗，真庭里的人總有一天得盡數流落街頭。

此時，他們受命集刀。

只怕往後再也不會有如此重大的任務了——這是最後的機會。

在螳螂看來，蝙蝠似乎打一開始便抱著背叛之心接下奇策士交付的工作。他是與奇策士最常會面的忍者，兩人之間或許曾有過節。

如今蝙蝠已死，真相無從得知。

不過，螳螂能體會蝙蝠的心情；他也瞧那娘兒們不順眼，理由他說不上來，總之便是不順眼。

縱使蝙蝠未曾提出反叛之議，縱使真庭忍軍放過了這個機會，終有一天，真庭忍軍仍會與奇策士決裂。既然如此，趁著集刀之際翻臉，倒是個好主意。

畢竟，這是真庭里最後的工作。

最後的機會，最後的工作。

事已至此，他並無絲毫後悔之情。為了替命喪黃泉的弟兄們報仇雪恨，他必須將此事辦成。

絕刀「鉋」。

斬刀「鈍」。

千刀「鎩」。

薄刀「針」。

賊刀「鎧」。

雙刀「鎚」。

惡刀「鐚」。

微刀「釵」。

王刀「鋸」。

誠刀「銓」。

毒刀「鍍」。

炎刀「銃」。

真庭忍軍的首領有十二人，收集這十二把刀正好相合；只要一人集得一把，便能集齊十二把變體刀，是以眾首領不約而同地比賽起集刀來了。

賣刀換得的錢財，將依集得變體刀的數量來分配。

既然如此，為了自己的屬下們，務必得比其他首領多集得一些刀，多一把是一把——會這麼想，亦是人之常情，忍之常情。這可說是個同時刺激同伴意識與競爭意識的好法子（當然，並不是首領沒集得半把刀，手下就分不到半毛錢）。

只不過，如今螳螂卻發現這個辦法有個漏洞；不，想必所有首領都已然發現——此法得在沒有其他對手競爭之下，才能發揮最大的效果。

真庭蝙蝠的絕刀被咎女奪回。

真庭白鷺敗北後不久，咎女便奪得了斬刀。

真庭食鮫同時對上千刀之主敦賀迷彩與虛刀流掌門。

他們結結實實地栽進了洞裡。

然而，無可奈何。

沒想到那個奇策士竟然還藏了這麼張王牌，沒想到耽於安樂的幕府麾下竟有足以匹敵真庭忍軍首領的高手。真庭忍軍原以為幕府頂多派得出隱密，卻是小覷了對方。

那個可恨的奇策士。

什麼奇策，少胡謅了。

非但如此，根據蝴蝶得到的情報，連日本第一高手錆白兵也加入了集刀行列。雖然錆的行動與幕府無關，乃是出於私心，且進展得並不順利；但一思及他掌握訣竅以後將變得如何棘手，真庭螳螂的背上便直發涼。

若是只顧著與弟兄們競爭，不知何時會栽觔斗。

如今已為此失去了三個弟兄，更得小心行事。

目前錆白兵的威脅並不大，因此真庭忍軍沒理由與日本第一高手為敵。

眼下的威脅為奇策士咎女與——鑢七花。

對真庭里內情略知一二的咎女，與實力足以勝過真庭忍軍首領的鑢七花——這兩人聯手，著實是莫大威脅。

或許他們個別行動之時尚不足為慮，但通力合作之際便令人畏懼。

令人畏懼的幼芽，便該趁早連根拔除。
因此真庭螳螂召集蟲組，暫時停止比賽，合力打倒那兩人。
蝴蝶與蜜蜂都是一口便答應了。
要說服其他首領，或許得費一番時間；但真庭蟲組素來團結，蝴蝶與蜜蜂對螳螂亦是信之不疑，只要他的提議合情合理，其餘二人斷無反對之理。
咎女目前已奪得三把變體刀。
他們約好不管個人表現如何，奪得變體刀後各分一把；接著便同心協力，展開行動。
他們展開的行動，並非是去追趕咎女與七花。他們未去追蹤於三途神社奪了千刀後西行的咎女與七花，而是朝著反方向——七花的故鄉出發。
亦即不承島。
奇策士咎女沒有家人，孑然一身；她雖然年紀輕輕就當上軍所總監督，但背景、來歷卻完全是個謎。蝙蝠對奇策士懷有芥蒂，似乎曾打聽她的過往；但如今蝙蝠已被殺，調查結果自是無從得知。
總而言之，

咎女是孤家寡人一個。

幕府之中也無人與她交好，她的身邊沒半個知己密友，沒有關愛自己的上司，亦無青眼有加的下屬，當真是獨來獨往。

反過來說——她沒有弱點。

這顯然是她刻意安排。

她故意疏遠旁人，以免留下包袱。

一般人斷不能如此決絕，咎女卻辦到了。

不過，鑢七花可就不同。

他在父親的牽連之下流放外島，表面上看來似乎絕於世俗之外，與咎女一樣孑然一身，實則不然。

他有個名喚鑢七實的姊姊。

詳細調查之下，才知大亂英雄——亦即鑢七花之父鑢六枝在島上生活十九年後，已於一年前身亡，因此咎女才帶著其子七花踏上集刀之旅。不過，鑢七花的姊姊鑢七實仍活在人世。

七花離開了不承島，只剩她隻身留在島上。

螳螂暗自嘲笑七花的天真。

七花竟大剌剌地將這個包袱，將如此有人質價值的親人擱在島上，活像是歡迎對頭冤家來任意宰割一般。

第一個來到不承島上的忍者真庭蝙蝠曾對咎女曰：「卑鄙與卑劣是忍者的招牌。」而他說的半分不差。

奇策士與虛刀流掌門已集得三把刀，並擊破連蝙蝠在內的三名敵手，真庭蟲組的三人可沒傻得與他們正面為敵。更何況這是最後的任務，不容任何差池。

真庭螳螂、真庭蜜蜂、真庭蝴蝶。

他們三人便是打算擄鑪七實為人質要脅七花，才從丹後的深奏海岸徒步渡海，千里迢迢地來到不承島上。

「……………」

真庭螳螂獨自步行於覆蓋不承島的山林之中。他沒發出半點兒足音，未擾亂清晨的空氣——

餘下的兩人——蝴蝶與蜜蜂藏身於上岸地點附近的岩壁之後。若是搭船前來，總會留下蹤跡，恐有被幕府——被咎女察覺之虞。擄人要脅須得出人意表，才能成功；因此他們借助蝴蝶的忍法，一道徒步渡海，來到島上。不過，共同行動只限於上岸之前；真庭忍法盡皆特殊，實戰時往往互相妨礙——「無須集體行動」。縱然蟲組再怎麼齊力一心，很遺憾地，於這一節上依舊不能例外。

「蜜蜂、螳螂兄，你們哪一個要去擄那個娘兒們？」

蝴蝶的語氣之中，透露著自己已疲累至極，說什麼也不去的強烈決心。

「不如我去吧……？」

蜜蜂戰戰兢兢地舉起手來。

「不，我去吧！」

螳螂自告奮勇。

「啊？螳螂兄要親自出馬？犯不著這麼帶勁吧！不是我老惦著剛才那番話，可你總得讓蜜蜂幹點兒活啊——」

「雖然那雌兒是個女流之輩，畢竟也是虛刀流之人，多少該懂得無刀劍法；凡事小心謹慎為上，我們三人之中忍法最適合打鬥的便是我，自然該由我出馬。」

「嗯，蟲組的統領是你，一切由你定奪。反正我已經累得渾身乏力，什麼也幹不成。蜜蜂，你沒意見吧？」

「可以不勞而獲，當然是再好不過啦！」

「你這個人還真是清心寡欲——不對，該說是毫無幹勁。虧你這樣還能當上首領！」

「我把胭脂水晶留下，如果我有了萬一，你們務必得代我完成任務。」

「萬一？這兩個字與你可說是八竿子打不著關係啊！螳螂兄。哈哈哈！」

如此這般，計議停當之後，螳螂便留下兩人，獨自行動。他眼觀六路，耳聽八方，大略掌握了虛刀流掌門之姊鑢七實的位置。五官敏銳乃是忍者的基本素養，而蟲組的忍者更是長於此道。雖然不知鑢七實是何人物，也不知這道氣息是否便是她本人；但如今不承島上只有她一人，應該錯不了。螳螂小心謹慎，迂迴移動，以免被對手發現。半刻鐘後——

真庭螳螂找著了她。

她——鑢七實穿著壽衣一般的純白服裝，身邊擱了個竹籃，正在採野菜。

見了鑢七實的模樣，

蟷螂倒嚥了口氣。

之前來到此島的真庭蝙蝠只聞其聲，未見其人，是以蟷螂才是真庭忍軍中頭一個親眼見到七實的人。

蟷螂只覺得她宛若死人。

不，與其說她宛若死人，倒該說她像具屍體。

與其說她像具屍體，更該說她猶如物體。

她完全不帶生氣，看來不似仍活著，亦不似曾活著。

她那宛如藝品般的美貌吸引著蟷螂，卻也令他感到難以親近。

是出身將門之家，血統高貴所致？

或是生長於孤島，不食煙火所致？

蟷螂不懂，然而光憑第一印象，便可知她絕非泛泛之輩。

「幸好來的是我……蝴蝶倒也罷了，換作年紀輕輕的蜜蜂，說不定登時便要被她迷了魂……」

蟷螂原想好言相勸，教她放棄無謂的挺抗，乖乖順從真庭忍軍；但他現在改變了主意。

和那丫頭說話太危險了。

與七實一同長大成人的七花與身為同性的奇策士咎女自然不會有此想法，但真庭螳螂依據身為忍者的經驗，卻不得不下這個結論。

幸好她身形瘦弱，面色蒼白，看來並不懂武功；此時以力屈之，才是正確的做法。

突然，七實輕輕地咳了一下。

看來她不光是外表上弱不禁風，實際上亦是體弱多病。

不過——如今這對螳螂而言，已成不了手下留情的理由。

「……忍法合爪。」

他低喃道，舉起雙手。

霎時間，十指上的十根指甲以肉眼可辨的速度生長，轉眼間便超過了一尺長。那指甲異於一般，既粗又厚，如兵刃般尖銳，堪當武器。長到兩尺長時，指甲總算停止生長；此時每一片指甲俱是凶光赫赫，狀如刀刃。

原來如此，難怪他不佩刀。

忍法合爪。

這個忍術便如各位看官所見，無須贅述。

真庭螳螂——弟兄們皆稱呼他為「獵頭螳螂」，不過他可沒打算獵七實的頭。

螳螂的目標是手腳。

雖然他不願在如此美貌女子的身軀之上留下傷痕——這個念頭即是種毒性。若不趁此機會將她打成重殘，只怕日後會留下禍根。

「哼——」

當機立斷，無須猶豫。

考慮即是猶豫。

倘若繼續思考這些無謂之事，繼續注視著她，只怕連螳螂自己都難以把持。真庭螳螂一口氣釋放了屏住的氣息，毫不遲疑地朝著鑢七實的嬌小背影飛身躍去。

■ ■

倏地進入回想場景。

距今二十年前的不承島。

海浪拍打的沙灘上，有著三道人影。

其中兩道是小孩的身影。

一個男孩，一個女孩。

男孩年約四歲，女孩比他大上一點兒。男孩看來活潑好動，但女孩卻一身白淨，文靜乖巧——看來孱羸虛弱。

鑢七花與鑢七實。

這是這對姊弟二十年前的模樣。

當時七實長得還比七花高。

如此一來，與他們兩人相對而立的魁偉漢子是誰，便不難猜想了。

沒錯——那即是他們倆的父親，鑢六枝。

初次登場的大亂英雄。

這是二十年前的場景，時值大亂結束後不久，是以這道佇立的身影正是鑢六枝全盛時期的樣貌。

只不過這畢竟是回想場景，許多地方都好生湊巧地背著光，看來不甚分明，但依舊可隱約看出鑢六枝有幾分神似現在的七花。不，這話說反了，應該是現在的七花像他才是。

那麼七實便是像她娘。

這麼一提，她娘人在哪兒？

這個魁梧的漢子對著受自己牽連而一同流放到島上來的一雙兒女緩緩說道：

「我決定立七花為虛刀流第七代掌門。」

他的聲音中充滿了苦澀。

「這麼一來，我便得退位了。我的心裡並非全無遺憾，但我身為一把高傲的刀，也只能認命。從今以後，我不再是劍客，將以一個劍術宗師的身分傳授虛刀流武藝。今後七花得接受嚴苛的鍛鍊，直到我的大限到來，直到我的身體枯朽，直到我的刀刃鏽蝕。我會傾囊相授，將虛刀流的武功全數傳予你。這個島上一無所有，能教的有限；但反過來想，也許這個地方正是最適合傳授虛刀流武功之處——能夠不受塵世的紛紛嚷嚷干擾，專心致力於習武之上。」

聞言，兩個孩子的反應不盡相同。

七花似乎不明白眼前的父親在說什麼——這也難怪，此時的七花年紀小得還不足以稱為孩童，鐵定連自己被流放外島都不知道，更不曉得今後將步上什麼樣的人生。

而七實則是面無表情，教人猜不透她的思緒。

不過，六枝不愧是七實的爹，似乎懂得女兒的心思。

他溫柔地——不，是滿懷歉意地搭著她小小的肩膀。

「原諒我，七實。」

以七實此時的年齡，照理說應該不解六枝之語；但她似乎與弟弟七花不同，完全明白爹爹所說的一切。

被立為掌門的是七花。

換言之，自己沒被選上。

七實很清楚，自己沒能接下掌門之位。

六枝對七實曉以大義。

「說實話，我很希望將虛刀流傳給妳，但是不可能。」

「……………」

七實依舊面無表情；不過，她似乎只是在克制自己的表情，只是在壓抑自己。

「妳要明白。」

六枝說道：

「不可能之事，便是不可能。如今有資格繼承虛刀流的唯有七花一人。」

聽了這話，七實瞥了身旁的七花一眼。七花懵懵懂懂，只是吮著手指看著六枝與七實對談。

發現了七實的視線後，六枝說道：

「妳可別搞錯了，七實，妳不該怨妒七花。說句不留情面的話，妳壓根兒不該為此怨天尤人。就連我現在向妳道歉，原也是不該的。」

「……………」

「妳可千萬別搞錯了。」

六枝輕輕地將手自七實的肩頭移開。七實沒看著他的手，反倒看著自己被觸摸的肩膀，看著失去爹爹掌溫的部位。

「我不傳位給妳，不是因為妳是女孩兒家，也不是因為妳體弱多病；這些都成不了理由。我……不，不光是我，天下間所有武術家皆然；我不能栽培妳這種——」

虛刀流第六代掌門——大亂英雄鑢六枝一臉痛苦地說道：

「妳這種天賦異稟之人——」

■　■

「呃啊啊啊!?」

沒人知道究竟發生了何事。

無人目睹那一剎那，而挨了招的真庭螳螂自個兒也是一頭霧水。

待他察覺之時，人已被震飛，十根指甲盡斷，折斷的指甲全都反過來刺入自己的身體。

他的腦袋狠狠地撞上背後的大樹，不明就裡地昏厥過去。

而出了招的鑢七實也不大清楚狀況；她回過頭來，面帶錯愕之色，右手拿著剛摘下的野菜，不可思議地歪著腦袋。

「……唉呀？」

真庭忍軍十二首領之一，真庭蟲組的統領，被稱為「獵頭螳螂」的可怕忍者——真庭螳螂，使用忍法從背後一躍而來——

卻被她一個反射動作打發了。

「…………？」

若說現在的日本第一高手是錆白兵，那麼二十年前錆尚未出生，鑢六枝亦未流放外島之前的日本第一高手定是她無疑。

這可是經過大亂英雄親自評鑑。

當時年方七歲。

前日本第一高手——鑢七實。

二章 拷問時間

■ ■

……………

……………

……………

真庭螳螂醒轉過來。

他不愧是身經百戰的忍者，真庭忍軍十二首領之一，真庭蟲組統領；一醒來，便立刻明白了自己所處的狀況。

螳螂正以直立姿勢被綁在樹上。

用來綁螳螂的便是他自個兒身上的鎖鍊。在他昏厥之時，鎖鍊被人解下使用，將他的上半身連著手臂五花大綁。

刺在他身上的十根指甲已盡數拔下，十道傷口也全敷過了藥；看來他運氣好，沒傷及要害。

不，不對，用來捆住螳螂的鎖鍊原本便是纏繞於要害之上，指甲自然無法傷及，是以只要傷口不深，便不致死。但這麼一來……那丫頭彈回十根指甲時，竟是避開要害——避開鎖鍊，好讓十根指甲全數命中？在那電光石火之間，她顧得了這許多？見了眼下的狀況，螳螂只能這麼想；但若是如此，那可不是當機立斷四字便可形容——

他環顧周圍，四下無人。

螳螂剛來這座島上，區分不出山林的細微異處，還以為目前的所在地便是自己昏厥時的地方，但似乎不然。

由太陽的方位推測，約莫過了半刻鐘。

「……別想自盡。」

一道聲音傳來。

迎面緩緩步來的，即是鑢七實。

又似屍體，又似物體的女子。

「你藏在臼齒裡的毒藥，已經被我趁著你昏迷之時沒收了。」

「………………」

原來她搜過身了。

照這麼看來，藏在忍裝裡的暗器鐵定也已被全數取走——不過，這對螳螂而言倒是不成問題。

不消她警告，螳螂本來就無自盡之意。

眼前的狀況尚無須自盡。

雖然遭受了意料之外的反擊，不過他人還好端端地活著，便不算輸。處於這種狀況，方能見忍者的真章。

「方才我先將野菜拿回家裡放，隨即趕來，卻沒想到你這麼快便醒轉，害得你空等片刻，尚請恕罪。」

「…………」

她的口吻溫文有禮，絲毫不像是在對著賊人——對著刺客說話。螳螂沉默以對，此時扮演一個無力抵抗的乖巧俘虜乃是最佳的選擇。

「還有件事得請你見諒——接下來我便要拷問你。」

七實續道。

她依舊面無表情，螳螂猜不出她的心思。

「我趁著你昏厥之時，替你上了藥，又帶你到這兒來，你可知道是為了什麼？因為你的弟兄便埋在那兒。」

螳螂朝她指示的方向定睛一看，只見那兒有顆巨大的石頭。

「……………………」

「是舍弟埋葬的。我記得那位大爺名叫真庭蝙蝠，打扮得與你一模一樣……說這些話是教你明白，我會做個好心，讓你們哥兒倆死葬同穴。」

七實放下手指，再度轉向螳螂。

她仍然面無表情。

「──如何？這個地方作為葬身之所，應該還不壞。現在請你做個選擇吧！」

「什麼選擇？」

螳螂至此才開口答話。

「妳要我選什麼？」

「說了再死，或是不說而死。」

七實若無其事地說道。

她的口吻之中不帶半點兒猶豫、半點兒殘虐，只是理所當然。

「你選哪個，我都無所謂便是了。」

說著，她略微移動，屈身拾起了腳邊的某樣物事。那是於方才攻防之際折斷、反過來刺入螳螂身體的十根指甲之一。原來如此，拿對手的武器來拷問，不單能傷害對方的身體，還能折辱對方的精神。七實拿螳螂的鎖鍊來綑綁他，應該也是基於相同的道理。

螳螂心中暗自讚嘆。

他已親身領教過她的武功有多麼高強，沒想到於智謀策略上，她亦是高人一等，渾然不似生長於無人島之人。

不過，她這過人之處，卻可反過來加以利用。

與忍者為敵，居然不趁有機會下手之時殺之以絕後患；他會好好利用七實的這個紕漏。

比智慧，螳螂或許不如；但論爾虞我詐，他可不會輸。

「說歸說，我不諳拷問之道；所以若是你選擇不說而死，我反倒落得輕鬆。再說，要向你打聽的事也不多，因為我已經猜著了八、九分。」

七實把玩著手上的指甲，說道：

「不過姑且還是問上一問吧！說不定你只是碰巧穿著相似的服裝而已。你是真庭忍軍之人麼？」

「沒錯。」

螳螂承認了。

蝙蝠便埋在左近，否認或保持沉默俱無意義。

碰巧穿著相似的服裝——七實自然很清楚，這是不可能的。

「那麼真庭忍軍……唔，名字有點兒長，就簡稱為真忍吧！叫起來可愛又別緻。」

「………………」

縱使智計如何過人，畢竟是在同樣的環境之下成長，品味與弟弟差不多。

螳螂沉默以對，甚至可說是置若罔聞。

「那麼，接下來便來問問你到這座島上的目的——不過這問題似乎也無須多問。」

擄鑢七實為人質，要脅虛刀流第七代掌門鑢七花，阻撓他與咎女集刀。

並奪取他們已得手的變體刀。

「其實我見了你來，反而感到欣慰；因為真忍來到這座島上，便代表七花與咎女姑娘的集刀之旅相當順遂。若非如此，真忍的忍者豈會大老遠地跑來這種無人島？我早料到會有這一天。」

七實又喃喃自語：「已經過了四個月，不知道他們集得了幾把刀？」這並非問題，但螳螂卻回答了。

「兩把。連同在這座島上奪得的絕刀『鉋』在內，便是三把。」

「……他們辦起事來還挺溫吞的。不過，日本這麼大，或許也只能是這個數兒了。唔……」

她頗有微詞。

看來她似乎認為該集得更多。能在這麼短的期間內集得兩把舊將軍亦無法得手的完成形變體刀，說來已是驚人的成果；但她卻不甚滿意。

真是個古怪的女子。

螳螂的第一印象果然無誤。

這個雌兒很危險。

即便不論武功智計，她依舊是個危險的女子。

「我尚未見過妳的弟弟；既然他是掌門，武功定然在妳之上了？」

「唔？哦！不，這可就說不準了。畢竟這一年來，我沒和七花比試過。再說——」

七實含糊以對。

「誠如你所想，我能入虛刀流之門，乃是因為我生於鑢家；其實嚴格說來，我甚至稱不上是個劍客。」

「……方才妳對我使的招數，不是虛刀流的劍招？」

「那是虛刀流的招式沒錯，名曰『女郎花』，是一種反制敵人用的奪刀術；一言以蔽之，便是將折斷的刀刃擲還敵手的招數。我一個不小心，反射性地連使了十次——慢著，怎麼是你問我話？」

這話聽來頗似故意裝傻，但似乎不是這麼回事。

「接下來——有了。」

七實打住話題，轉至下一個問題。

「你們這次來了幾個人？」

「……什麼幾個人？」

她竟然識破了螳螂不是隻身前來。

同行的尚有蝴蝶與蜜蜂。

「妳這問題問得可怪了。我當然是孤身前來，真庭里的人手可沒多到能為了擄一個娘兒們而勞師動眾。不過要是我事先知道妳的武功如此高強，或許便會帶十幾二十個人來吧！」

「擄人只是計畫的開端，並不是綁走了我事情便結了，多派幾個人手並不奇怪。我想想——七花目前有三把刀，派出三個人，正好可均分。」

「…………」

不能露出反應。

這是陷阱。

這雌兒只是胡亂猜測，窺探對方的反應而已。雖然七實一語道破，但這番推測並無根據，這點她自己應該最為清楚。

「請告訴我來了多少人，以及每個人使用的忍法。」

「…………」

「對了，就算你說了，我也不會饒你活命，你可千萬別誤會。」

「…………………」

「說來慚愧，其實方才我拿野菜回家時迷了路，走到高台上去了；我自高台上放眼望去，並未見到船隻靠岸。當然，那兒看不見整片海，我也不敢斷定；不過我猜想，或許你們不是搭船，而是使用忍法來的。」

七實一字一句地說道。

她不過是隨口猜測，竟然句句一針見血，盡數道中；但螳螂依舊裝出毫無反應的模樣。

七實也沒再說下去。

山林之中產生了一片寂靜，然而這片寂靜立即便告終了。七實拿著螳螂的指甲，靠近他一步。

「說到舍弟……」

「…………………」

「他從前有個咬指甲的習慣，我嫌這習慣太沒規矩，要他改掉，他卻依然故我，把拇指咬得殘缺不全；所以有一回，我索性把他的指甲全給剝下來。」

七實一面步步逼近，一面說道。

「從此以後，他便不再咬指甲了。當然，這是我在他小時候管教他的故事，不能與拷問一概而論；至於你麼，就將順序倒過來辦吧！」

七實的動作極為自然，毫無空隙；因此螳螂雖知她想做什麼，卻無暇閉口。七實走到五花大綁的螳螂跟前，停下腳步，將螳螂那堅硬鋒利不下刀刃的指甲塞入他的口中。

「咬吧！」

「……………」

螳螂身為忍者，自然受過熬刑訓練，因此將利刃塞入柔軟口腔中的拷問法對他而言並不新穎，也不怎麼殘忍。他甚至可以馬上舉出五種立即可用且更為殘忍的拷問法。相較之下，反倒是鑢七實拷問時的平淡表情才教人害怕。行拷問者往往也會感受精神上的重壓與負擔，無法維持平常心，可她卻——

這娘兒們的腦袋裡究竟裝了什麼？

還是她原本便不正常？

「怎麼了？我只是要你回頭當孩子，咬咬指甲而已。興許會傷了舌頭，不過不說話的舌頭留著也無益，是不是？」

「慢著！好，我聽妳的！」

螳螂嘴上這麼說，其實心裡正暗自竊笑。

他贏了。

七實精神異常，或許懾人；不過現下她如此靠近，便不足為懼了。

螳螂反轉手腕，舉起那指甲盡數剝落的十根手指。

以鎖鍊縛住螳螂的上半身，並不能封鎖他的行動。即使無法自由運用手臂，露在鎖鍊之外的手腕仍可勉強挪動。

既然要綁，便該把他的雙手反綁才是。

想必七實是認定螳螂指甲已斷，武器又被她全數沒收，已無反抗之力，因此才放鬆了戒心——她太天真了。

太過小覷了忍法合爪。

螳螂的指甲能一再生長；雖有次數限制，光是折斷一回還無法奪他的武器！

「聽我的？」

「對，我說便是了。我們的忍法是——忍法……忍法……」

真庭螳螂說道：

「忍法合爪！」

他的指甲一口氣伸長。

這回螳螂無暇琢磨，是以指甲厚度略嫌不足；不過他格外留意尖端的形狀，將指甲生得又尖又利，對準了七實的身子，倏然伸展。

這十根指甲，便如十把長槍一般。

然而——

「…………………」

七實只是輕輕扭腰，便盡數避過了十根指甲。不，她不光是閃避；螳螂的指甲刺穿她的衣物，掠過她的肌膚，乍看之下是千鈞一髮、險象環生，其實不然。七實是故意讓螳螂貫穿衣物，以封住十根指甲的下一步行動。她利用衣物，將指甲牢牢揪住。

七實這一招僅是為防萬一，其實是可有可無。由此亦可見她閃避真庭螳螂的十根指甲時是何等游刃有餘。

她一面避開螳螂的攻擊，一面使勁將手上的指甲塞入螳螂口中；只見指甲尖端毫不容情地貫穿螳螂之口，直沒入背後的樹幹。

由結論而言，真庭螳螂——

真庭忍軍十二首領之一真庭螳螂，是不說而死的。

「…………吁！」

七實倦了。

她踮著腳，維持扭著腰桿的姿勢快步後退，直到刺在衣物上的指甲全數拔除後，才嘆了口氣。

她是個比誰都適合嘆氣的女子。

「……我早明白忍者不會因拷問而出賣情報，不過這人還真是了得，無論我如何套話都不上當。唔……看來來的極可能不只一人，我得做好心理準備。話說回來，七花也真是的。」

鑢七實無奈地看著自己被螳螂指甲戳得坑坑洞洞的衣物，露出了笑容。

那是種充滿邪氣的笑容。

「都過了好幾個月，竟然只集得兩把刀？他還是一樣溫溫吞吞的。等他回來，得好好懲戒懲戒他。」

■ ■

啪！

放在岩塊上的胭脂水晶毫無預警地裂為兩半。

「…………………」

「…………………」

真庭蝴蝶與真庭蜜蜂冷眼旁觀。

這個水晶乃是真庭螳螂動身擄鑢七實之前交給他們兩人的。此物為真庭里獨有，唯有首領方能佩帶，極為貴重且稀少。佩帶者將獨自的念力灌注於水晶之中，水晶便能將佩帶者的狀況傳達予他人知曉。

水晶裂為兩半，通常代表佩帶者已死。

「螳螂大哥似乎喪命了。」

「……是啊！」

藏身於岸邊岩壁之後等待螳螂歸來的兩人，反應極為冷靜。忍者善於控制情感，不因弟兄之死而亂了方寸。

不過，他們是控制情感，並非沒有情感。

死了個弟兄，況且還是一組統領——不，即便不是，真庭螳螂也是他們的摯友——真庭蝴蝶與真庭蜜蜂自然不能無動於衷。

雖然他們的表情未變，氣息卻有了顯著的改變。

「可是，套句螳螂兄的話，這實在教人費解。那娘兒們又不是掌門，只是個尋常女流，螳螂兄怎麼會敗？難道天下間竟有忍法合爪無法對付的人？就連那個飛揚跋扈的食鮫兄也對螳螂兄敬畏三分。即便不論忍法，螳螂兄經驗老到，斷不會出任何差池。我左思右想，還是覺得不可能。」

「……胭脂水晶並非絕對，曾有佩帶者死了，水晶卻完好如初；也有水晶整個粉碎，佩帶者卻仍活著的前例。不過——」

蜜蜂說道：

「——此時咱們該以螳螂大哥敗北為前提來行動。你認為螳螂大哥斷無敗陣之理，或許螳螂大哥自己也這麼想，才會心生大意。」

「心生大意……螳螂兄會心生大意？」

「應該不會。螳螂大哥從不高估敵人，也不低估敵人；以他的性子，絕不會大意輕敵。所以只能這麼想——那個娘兒們確實有兩把刷子。」

「…………」

「至少咱們倆得這麼想，因為論武功，咱們倆是不及螳螂大哥的。」

「那倒是。想擄人為質卻反被人質做掉，那還有什麼戲唱？再這麼下去，咱們可就成了人家茶餘飯後的笑柄啦！犯蠢也得有個限度。話說回來，虛刀流真有那麼厲害？難怪能在短短時間內集得兩把變體刀。」

「說不定姊姊還強過弟弟呢！」

「怎麼可能？若是如此，便該由姊姊去集刀啊！」

「興許是有什麼隱情呢！那個奇策士似乎挺惹同性的人嫌，搞不好這便是理由。」

「少胡扯啦！」

蝴蝶輕輕一笑，站了起來。蜜蜂見了他的舉動，滿臉錯愕，慌忙問道：

「你、你要做什麼？接下來該輪到我去啊！」

「不，我去。我已經休息好一會兒了，疲勞也祛除啦——」

「可是我的忍法在這種情況之下比較管用。蝴蝶大哥的忍法啊……太過直接了。」

「你就聽我的吧！蜜蜂。我很敬愛螳螂兄的。」

「我也是啊！」

「可我也很愛護你。雖然還不到說什麼也不願你死的地步，不過蟲組之中若得留下一個活口，我認為該留下最為年少的你。」

「蝴蝶大哥——」

這些感傷的話，平時蝴蝶是絕不會說的，教蜜蜂聽了無言以對。見狀，蝴蝶豪邁地哈哈大笑。

「你就當作是讓我這個老大哥出出鋒頭吧！倘若虛刀流掌門之姊真是如此高手，咱們更該盡全力取勝。你就待在遠處觀戰，摸清那娘兒們的底子；即便我輸了，你已清楚她的底細，要下手也就容易多了。」

「……………」

的確，如今蟲組之中武功最高的真庭螳螂已敗，這是最為妥當的戰法。先探清對手的路數，更能發揮真庭蜜蜂的忍法。

「可是，那你不就——」

「傻瓜，我又沒打算犧牲自己的性命。這種尋常忍者幹的事，我怎麼會做呢？說不定我只是花言巧語，來搶老弟你的功勞呢！」

蝴蝶又大笑數聲。

接著他突然一本正經地說道：

「喂，蜜蜂。」

「……什麼事？」

「這個任務結束以後，我要成親啦！」

「…………………」

他開始自動自發地埋起死亡伏筆來了。

「咱們幹這一行，也不知幾時會丟掉性命，所以我一直拿不定主意；不過這回不論成敗，都是最後的任務了，因此我總算是下定了決心。」

「是、是嗎？對方是哪家的姑娘？」

「你也認識。你向來敏銳，應該隱約察覺了吧？和我們一樣是十二首領之一，鳥組的真庭鴛鴦。」

「原來是鴛鴦姊啊……哈哈哈，你肯定被她壓得死死的。」

「是啊！」

「蝴蝶大哥也老大不小了，是該討個老婆來管管自己啦！」

「是啊！其實她和我獨處的時候，也有她的可愛之處……我沒跟你說過，我是南方人，並非真庭里出身；多虧她不見外，百般為我設想。我能有今天，都是托她的福。哈哈，鳥組和蟲組就像是捕食關係，說不定我的心早在那時便被她吃啦！」

真庭蝴蝶開始談起過去。

他究竟是哪根筋不對勁了？

「嗯——嘿！」

蝴蝶仍不罷休，這會兒從忍裝裡拿出了南蠻傳來的紙捲菸，又猛省過來。

「好險，好險，我從前一陣子開始戒菸了。」

說著，蝴蝶將紙捲菸折成兩半。

這下他可說是準死無疑。

「這是鴛鴦和我成親的條件。」

「哦，嗯……呃，我說啊……」

也不知蜜蜂是否察覺不對勁，出口制止他，只可惜為時略晚。

「蝴蝶大哥，這是段令人津津樂道的佳話沒錯，可我看還是別再說下去了。」

「唔？是嗎？」

「嗯，總之我明白了，就讓你先去吧！不過我也是個忍者，要幹便會幹得徹徹底底。屆時即使你被千刀萬剮，我也不會出面，你可別期待我幫手。」

「好，就這麼辦。到時我會盡量垂死掙扎，讓你多得點兒情報。」

說著，蝴蝶拾起了半塊胭脂水晶，帶著自嘲的表情擲給蜜蜂。

「……？做什麼？」

「蟲組永遠同在，咱們的交情，可是死了也不會斷的。」

「……我這才知道，原來蝴蝶大哥是這麼個好人。」

平時完全不像好人的人突然轉好，似乎也是種死亡的徵兆；蜜蜂這句話頗有為此擔憂之意，但蝴蝶只是一臉靦腆地說道：「別胡說啦！」並把螳螂留下的另一半胭脂水晶胡亂塞入自己的忍裝之中。

位置正好在他的左胸，心臟部位。

……雖然有點兒亡羊補牢的嫌疑，但總算是留下了生還的伏筆——真庭蝴蝶就此出陣。

■　■

回想之二。

這回不必回溯至二十年前，僅僅是一年前的故事。

當時虛刀流第六代掌門，大亂英雄鑢六枝——七花與七實的父親剛過世，姊弟倆將六枝安葬完畢之後的第七天，七花主動要求七實與他比武。

七實曾對真庭螳螂說過自己與弟弟已有一年左右沒比試過，可見這便是他們上一次比試；然而事實上，這亦是他們倆頭一次較量。他們的爹爹六枝向來嚴禁七花與七實交手。

換言之，這是目前鑢七花與鑢七實的第一次交手，亦是最後一次交手；而這場比試的結果又是如何？

一言以蔽之，沒分出勝負。

體弱多病的七實不耐久戰，因此他們打一開始便定下了時間限制；而在限制時間內，他們未能分出勝負，故而算是平分秋色。

只不過，倘若當時有人見證這場無人旁觀的比試，必然是判定姊姊得勝。

七花與七實的實力相差太過懸殊，根本比不成武。

他們倆不是不分勝負，而是宛若大人陪小孩玩耍一般，無從比較。

不，或許該說是猶如小狗與主人嬉戲。

七實從容不迫地化解七花的所有攻勢，自己卻未曾出過一招半式。

其實七花早知道姊姊與自己比試時會袖手相讓，但他以為只要將姊姊逼得緊了，她總得反擊。

可他想得太美了。

當時的七花根本無法逼七實還手。

十九年來日日苦練武功，無論颳風下雪都未曾間斷的七花，竟還不足以讓七實出招還擊。

莫說積極進攻，七實連「女郎花」之類的反制招式都未使用。

最後體力遠勝七實的七花反而累倒在地，姊弟倆生平第一次比試便以這種含糊的結果收場。

「還不錯。」

交手過後，七花如此對弟弟說道：

「雖然尚不及爹的全盛時期，不過不久的將來，你定能追上他老人家。繼續努力，精益求精，可別懈怠了。」

七花因這場比試的結果而大為消沉，足足無精打采了七、八天。

此亦當然。

將十九年光陰全耗在練武之上的七花，與從未練過功的姊姊較量，居然連她的衣角都摸不著，教他情何以堪？

回想結束。

三章　觀習

■ ■

奇策士咎女雇用鑢七花協助集刀，帶著他離開不承島之際，並非沒顧慮過鑢七實的安危。鑢七實是鑢七花的弱點，難保真庭忍軍或其他對手不會摸上島來對她不利；因此早料到會有這種事發生的咎女，曾建議七實一起搭船回本土，留在尾張城中接受保護，直到自己與七花集刀歸來為止。

但七實卻堅拒此議。

無論如何，我都要留在這座島上——

我自個兒會保護自己——

我已打定主意，這輩子絕不離開此島一步——

請不用顧慮我——

七實便是如此斷然拒絕。

咎女與七實性子相仿，一旦意見對立便僵持不下，那脣槍舌戰的激烈程度可真是筆墨難以形容；一旁的七花插不上口，只能膽戰心驚地袖手旁觀。

不過，七花深知姊姊武藝高強，因此在這場爭論之中，是站在姊姊這一邊的。話說回來，無論是哪種爭論，七花十之八九都是支持姊姊的。

最後咎女讓步了。

不，與其說是讓步，該說是她轉了個念頭。

七實不願寄人籬下的心情，咎女倒也不是不瞭解（就這一節而言，七實與咎女亦是頗為相似）；再者，真庭蝙蝠偷襲之時，最先反應過來的不是咎女或七花，而是七實；由此可見，七實並非全無武功。

七花與七實似有默契，絕口不提他們倆曾行比試之事，因此咎女至今仍不知道身為一家之主的七實武功遠比身為掌門的七花高強；不過咎女相信七實的武功足以自保，不至於成為七花的弱點。

至少短期內不會。

爭論以此作結，於是七花與咎女留下七實，離開了不承島。這是三個月前之事。

如此這般。

「……我好像迷路了。」

七實喃喃說道。

目前所在的地方是——連她自己也不明白。

她完全沒個頭緒。

方才她下手了結真庭螳螂的性命之後，原本打算先回小屋一趟，但不知何故，繞來繞去總離不開山林。虧她在這島上已經住了二十年。

路痴。

這是她的弱點之一。

而她天生體弱多病，走起路來異常緩慢，更是替這個弱點火上加油。奇策士咎女喜歡以紙門來比喻自己的不堪一擊，若要效法她的說法，鑢家的一家之主——前日本第一高手鑢七實走起路來便如蝸牛一般緩慢。

難怪七花不願讓七實幹活兒。

「本想先回家吃過飯，再慢慢尋找忍者的……看來先找忍者要來得省事些。」

七實終於打消回家的念頭。雖然這麼一來她便得挨一頓餓，不過她食量原就極小，要她絕食一、兩天亦不成問題。

如今即便用強也要逼七實吃飯的弟弟，也已經不在島上了。

「說歸說，該怎麼找……？若是忍者躲起來，可就棘手了……不如故意待在醒目之處，引他們前來吧！」

七實喃喃定計。

當然，她亦是在無人島上長大，既沒上過戰場，也無實戰經驗，和在島上與真庭蝙蝠交手時的弟弟一樣，是頭一次與人以性命相搏；但她的舉止神色卻顯得極為冷靜，與獨自摘著野菜時的表情並無不同。

既不好戰，亦不畏戰，

只是淡然地設謀畫策。

「……看來沒這個必要了。」

她突然說道，停下了腳步。

接著她凝視前方，喚道：「別躲了，出來吧！」靜默片刻之後，一名男子自樹幹之後現身。

那是個無髻散髮的矮小男子。

「妳是怎麼知道的？」

男子詢問七實：

「我應該已經完全消去了氣息才是啊！」

「這句話我很久沒聽見了。」

從前七實常聽見這句話。

當她還是個稚齡孩童——當她七歲之前，尚未流放孤島時。

我應該已經完全消去了氣息才是。

對著她說這等無稽戲言的人多不勝數。

「我才想問呢！你明明還活著，為何認為自己能完全消去氣息？人就是人，不會變為其他物事。」

「…………哼，妳是不打算說了。」

那男子似乎完全想偏了，不過他不再追問（對於無從說明的七實而言，反而省事），報上了自己的名號。

「我乃真庭忍軍十二首領之一，真庭蝴蝶——是來擄妳回去的。」

「好動聽的求愛之辭啊！沒想到會有男人家對我說這句話。」

七實輕輕一笑。

又是先前那種充滿邪氣的笑容。

「遲未報名，尚請恕罪——既然你是來擄我回去的，應該已經知道了，不過禮數還是不能免——賤名鑢七實，乃是鑢家的家長。」

「嗯，我知道。」

「……我能順便請教一下麼？方才有位與你做同樣打扮的大爺偷襲我，不知那位大爺的大名為何？」

「怎麼——他沒報上名字？」

「對。」

「哦？這可怪了。」

事實上，真庭螳螂還無暇報上名字，便被七實給震飛了；之後便是拷問刑求，更不是自我介紹的時候，而七實也忘了問他的名字。不過蝴蝶似乎沒想這麼多。

他還不明白，眼前的女子有多厲害。

不過這也怪不得他。鑢七實的本領，光是面對面還無法瞭解；她的天賦異稟非常人所能及，與那種一眼便能瞧出的厲害屬於完全不同的層次。

「他叫真庭螳螂。」

「螳螂……哦，原來如此。」

所以才用指甲當武器啊。

七實以過去式說道。

「妳殺了螳螂兄？」

「對，因為他偷襲我。」

七實回答：

「你們欲擄我，想必也有你們的道理，所以我也不來論列是非。從前有位叫做真庭蝙蝠的大爺命喪於舍弟之手，舍弟為他造墓埋葬；我把那位螳螂大爺葬在同樣的地方。」

「……是嗎？」

蝴蝶表現得相當鎮定。

七實見了他的反應，略感意外。

其實當時七實判斷挖洞埋屍得大費氣力，因此並未移動螳螂，而是先將他連人帶鎖擱在樹上，插進他嘴裡的指甲也沒拔出來；但現在七實可不好說出真相了。

「………………」

也罷，不過是時間早晚的問題。

答應過的事，她會盡力辦到。

反正包含眼前的忍者在內，大概還得再埋上好幾個人；既然如此，一次做完比較省事。

事半功倍，豈不甚好？

七實暗自尋思。

「哦……對了，這事也一併問問吧！蝴蝶大爺，你們這回來了幾人？」

「啊？」

「我在問人數呢！不知共有幾個人來到這座島上？其實我拷問過螳螂大爺，不過他不肯說。」

「螳螂兄不肯說，我怎麼可能會說？」

「也對。」

聽了蝴蝶這番話，七實便不再追問。

為了讓藏身於遠處的蜜蜂專心觀戰，蝴蝶自然得含糊其辭，以免洩了底。七實已從螳螂身上學到得勝之後再行拷問只是白費功夫，因此這次才在交手前便先行詢問——

這一問倒沒白費。

蝴蝶這種答法，便等於告訴她另有他人在側。與其說這是螳螂與蝴蝶身為忍者的經驗之差，倒該說是先問與後問之別，較為正確。

只不過……光是如此，仍不知他們尚有幾人未露面……

一人……？兩人？三人……？抑或更多……？

「既然妳勝過螳螂兄，我也不把妳當女人看待了。我會從一開始便全力以赴，即使殺了妳也無妨。」

「無妨麼？這麼一來，我可當不了人質了。」

「能擄得人質自然再好不過，但上計行不通，也還有中計。把姊姊的屍體晾在弟弟眼前，應該足以打擊他的士氣吧！」

「原來如此，這話極有忍者風範。」

七實說道。

「所以妳別期待我手下留情，我會使盡真庭里的看家本領對付妳。不過，我很樂意接受投降；要是妳撐不住了，隨時說一聲。我和食鮫那小子不同，不好無益的殺生。」

「我會看著辦的。」

「嗯——」

說著，蝴蝶擺出起手式。

那是拳法架勢。

蝴蝶並未佩刀，乍看之下也未帶武器，是以七實先前還不著痕跡地試探他的路數——原來如此，是拳法？難怪不需要武器。

那是空手道？不，不對……那架勢是……

「用不著打量了。這叫真庭拳法，與世間流傳的一般拳法源流不同。」

「真庭拳法……」

「只不過，如今使用這套拳法的，也只剩我帶領的那批忍者啦！怎麼？妳不擺起手式？」

「…………………」

「聽聞虛刀流是不使刀劍的劍法；換句話說，便是以拳為刀而創的拳法，對吧？這話我沒對螳螂兄說過，其實我還挺想領教領教虛刀流的武功。現在這個時代，人人都是舞刀弄槍，虛刀流卻只靠一對肉掌行走江湖，令我欽佩得緊。同為拳法家，我是極想討教一番的。」

蟲組之中唯有蝴蝶一人是打一開始便知道虛刀流的來頭，原因便在於此。他這番話雖似挑釁，卻也是以赤手空拳搏鬥之人的真心話；然而七實卻沒有反應。

毫無反應。

她垂著雙手，雙腳微開，與肩同寬，看來全無防備。

「……怎麼了？我在等妳擺出起手式呢！」

「可是我從未擺過起手式。」

「…………？」

蝴蝶似乎無法理解七實之言，浮現了錯愕的表情；說來這也是正常人的反應。

他略微遲疑，問了個牽強的問題：

「虛刀流沒有起手式……？」

事實不然。

只消回顧過去的故事，便可發現虛刀流第七代掌門鑢七花曾對敵手擺出過諸多起手式。第一式「鈴蘭」，第二式「水仙」，第七式「杜若」——

一個起手式對應一記絕招。

這才是虛刀流。

「我在虛刀流之中算是異端。不如這麼想吧？蝴蝶大爺。擺什麼架勢，都只是浪費時間；每應付一招就得出個架勢，豈不失去了先機？再者，便如你現在所示，見了起手式，即可猜出下一步行動。」

「……………！」

「你一擺出架勢，就揭了你那神祕拳法的底啦！」

無架勢。

各種武術的最終形與完成形架勢——自然體。

鑢七實正體現了自然體，她的一舉一動皆是渾然天成。

她絕非未擺架勢。從她發現蝴蝶，停下腳步的那一刻起，便已經呈現了迎戰姿勢！

「若要勉強冠個名號，便姑且稱之為虛刀流第零式『無花果』吧——！」

接著，七實動了。

她以緩慢的動作，窄短的步伐，

一步一步地靠近蝴蝶。

「唔……呃……」

見了那遲緩至極的動作，蝴蝶只覺得心癢難耐。

便如螳螂初見七實時所料的一般，與七實交談，便會不知不覺地受她左右。

「喔喔喔喔喔喔喔！」

在兩人之間的距離縮短一半之時，蝴蝶終於沉不住氣，一個箭步向前，後腳一蹬，朝著她的臉孔使出一記加上了全身體重的迴旋踢——

咻！

先前的緩慢動作彷彿只是個幌子，只見七實輕快地閃過這一腳——

「虛刀流——『雛罌粟』。」

她那宛若筋脈已斷，綿軟地垂於身側的手突然有了生命，由下往上，反手便是記手刀。

高舉拳頭的蝴蝶渾身上下都是空隙，手刀結結實實地正中他的腰間。

「——————！」

蝴蝶的矮小身軀被一掃而飛，然而此時驚訝的卻是七實。莫怪她吃驚，「雛罌粟」原是用來將對手斬為兩截的招式，並不似對螳螂使用的「女郎花」一般，能將對手的身體震飛。便是「女郎花」，亦只是利用對手的勁道，四兩撥千金而已；縱使蝴蝶身材矮小，體格依舊比七實強壯許多，體弱多病的七實又豈能硬生生地將他震飛？

然而，卻又不是蝴蝶主動往後縱。

他並未提氣後縱。

「呼！」

蝴蝶又在空中展現了更為奇妙的動作。

他足點樹上枝椏，變換方向，回到七實身邊來，從半空中朝七實的右身刺出一拳。

七實不得已，只得往後翻滾以避之。

蝴蝶翻身落地，

並未繼續追擊。

他瞥了後翻之後立即起身的七實一眼，讚了一句：

「真虧妳躲得過。」

這句讚美之辭頗有高高在上的味道。

「我這結合真庭拳法與真庭忍法的招式，鮮少有人能在第一次躲過。」

「忍法？」

「忍法足輕——我能夠無視重力行動。」

蝴蝶得意洋洋地說明，似乎已取回了主導權。

「東西再重我都扛得起，就連那麼根小樹枝，也能當我的踏腳石。攻擊我的身體，只能將我順勢震飛而已。」

他過於輕盈，是以攻擊並不管用。

原來如此。

有了這化重量為無物的忍法，肩上載著兩個人渡海並不困難。

「……所以我的手刀實際上並未砍中你；在觸及你的身體之前，手刀所生的風壓便已將你吹跑了……」

「沒錯。面對單純的拳打腳踢，我可說是所向無敵；因為這些攻擊實際上根本摸不著我。」

「使用這種詭異的伎倆，居然還敢大言不慚地以拳法家自居？」

「誰教我的忍法就是這樣？如何？現在是妳投降的好機會，接下來我可真的要全力以赴了。」

「你不是打一開始便全力以赴了？」

七實反脣相譏。見識了真庭忍法，她依舊毫不畏懼。

她的態度令蝴蝶略感焦躁。

「妳還不明白我的忍法有多驚人嗎？」

「我明白。用不著一再強調，你的忍法是很驚人。你便是運用這消除重量的招式──我猜是步法──和弟兄們一起上島的，是不是？不但可隱匿行蹤，又不易為幕府及島上的我所察覺。」

「…………」

「不過我覺得更加驚人的是你在這門功夫上所費的時間。這可不是光靠尋常努力便能習得的功夫，我想你的上半輩子應該都耗在這上頭了吧！」

七實緩緩地嘆了口氣。

「那位螳螂大爺亦然。他的忍法叫做合爪，是麼？要將自己的身體改造成那副模樣，不知得花上多少時間？想必這非是你們個人的修行成果，而是真庭里代代相傳的智慧結晶。」

七實繼續說道：

「我覺得好欣羨。」

「……啊？」

蝴蝶的反應便像在質疑她胡說什麼。

但七實無視於他，繼續說道：

「你們永遠不懂得不許努力的人是何等心境……做什麼事都得不到讚許，辦得到是理所當然，贏了是天經地義——老聽著這些話是什麼感受，你應該不明白吧？」

說著，七實再度走向蝴蝶。

她的步法與方才無異，依舊極為自然，依舊緩慢。

七實雖已領教過真庭蝴蝶那合拳法與忍法而成的招數，一舉一動仍與方才如出一轍，似乎全未擬定應對之策。

蝴蝶感到困惑。

他不知七實有何打算。

這雌兒當真教人費解——言行舉止皆然！

「既然妳找死，我可不管啦！」

這已是第二回合，七實的行動未變，蝴蝶也一樣，依舊按捺不住性子，猱身而上。

無妨。

無論這雌兒是何方神聖，至少忍法足輕對她管用！

「喝！」

蝴蝶提足了氣，將包含衣物在內的全身重量消去，一躍而起。他的雙腳在空中點了幾下，踩著樹枝與飛舞的落葉一路攀高；待到最高點時，便一口氣疾衝直下！

蝴蝶在空中依然維持著起手式，一直線朝七實攻去！

然而這一擊卻未得手。

方才鑢七實所在之處——蝴蝶的拳頭下方，竟沒了她的身影。

「……什麼!?」

要問鑢七實人在哪兒，便是在真庭蝴蝶的正前方。

正前方。

光說她人在正前方，似乎只是尋常無奇的打鬥場景——但這畫面可是發生於空中。

蝴蝶騰空，七實亦然。

「咦……!?為、為什麼——」

「忍法足輕——果然如我所料，是種步法。這倒也當然，怎麼可能真把重量消除呢？」

在此先為諸位看官揭開一道謎底吧！

二十年前，大亂英雄鑢六枝將掌門之位傳予七花，而非七實；之後的十九年間，他將虛刀流的武功傳授給七花一人——反過來說，他並未教授七實一招半式。

這不是因為體恤七實體弱多病，也不是因為七實份屬女流。

而是因為七實太過厲害，根本無須求教於他人。

六枝豈止不傳授她武功，甚至禁止她付出努力。六枝不許她做任何修行。

天賦異稟。

奇才異能。

鑢六枝身為父親，身為一名劍客，試圖封印七實的才能。

不過——

她對真庭螳螂所使的「女郎花」以及方才使出的「雛罌粟」，俱是虛刀流的武功，她為何能使？

從未學過虛刀流武功的七實，為何能隨心所欲地使用虛刀流的招式？答案其實非常簡單。

因為她一直看著弟弟習武，

看著弟弟修行，看著弟弟刻苦練功。

有時是為了監督弟弟練武，有時則是滿臉羨慕地躲在樹後偷看爹爹與弟弟餵招。

她總是痴痴地注視著，從未間斷。

十九年來，無論颳風下雨，七花從不休息，日日練武；而七實亦是無論颳風下雨，從不休息，日日觀看。

她只是觀看，便習得了武功。

七實的這門觀習功夫異常精準高明，只須就近觀看旁人練武，便能學得比練武之人更多的武功。

禁止她習武，並不能抑制她的天賦。

套句俗諺來形容這門功夫，便是當局者迷，旁觀者清。

她只須瞧上一回，就能記住招式大概——

若是瞧上兩回，便更是駕輕就熟。

而真庭蝴蝶已經得意洋洋地在鑢七實面前展露了兩次忍法足輕！

「豈、豈有此理！」

「我真的好羨慕，又羨又妒。你們竟能為了這種雕蟲小技拚命修行——」

七實在空中緩緩地對蝴蝶伸出手。

她以慢得不足以產生風壓的動作，抓住了蝴蝶的忍裝衣襟，並將其牢牢揪住。

「…………！」

「我這麼牢牢揪住你，招式便不會因風壓而落空了。」

據說一流的武術家對於本門武功的弱點總是一清二楚，而完整習得忍法足輕的七實自然不會不知此招的缺陷。

「橫豎你是什麼都不說的了，就給你個痛快吧！請放心，我也會將你葬在同一處的。」

蝴蝶張口欲言。

或許他是想乞饒，

又或許只是想哀嚎。

「——虛刀流『蒲公英』。」

然而，在他張大的口發出聲音之前，七實已一掌貫穿了他的心臟。她揪著蝴蝶的衣襟往自己拉，手便順勢刺入他的左胸。

這些動作發生於剎那之間，毫無預警。

她不需要任何前置動作。

無架勢——第零式「無花果」。

兩人化為一體，往下墜落。

忍法足輕的效力似乎已盡，他們倆硬生生地摔落地面，衝擊使得七實微微皺起了眉。

「怎、怎麼可能……」

蝴蝶咕嚕一聲吐出一口濃血，不可置信地望著七實。

他不是為了七實使出忍法足輕而驚訝，而是為她方才的手刀而詫異。

「單憑赤手空拳，豈能貫穿人體……豈有此理……不可能。不，不光是如此，還有鎖鍊——」

七實的手刀甚至斬斷了蝴蝶纏繞全身、護住心臟的鎖鍊。蝴蝶先前勉強布下的生還伏筆——螳螂留下的半塊胭脂水晶，也跟著鎖鍊粉碎了。

不使刀劍的劍法，其手刀的威力與破壞力竟然媲美日本刀，不，甚至遠遠超乎日本刀？

這就是虛刀流？

「不，不是的。」

七實似乎已從表情猜出了蝴蝶的心思；她緩緩將手拔出，在他眼前揚了揚鮮血淋漓的指尖。

「『蒲公英』乃是將對手拉近身邊時使用的肉搏招式，不過是尋常的手刀而已；手刀便是手刀，無法刺人，更無法貫穿人——不過力大如七花則又另當別論便是了。這是你的弟兄，螳螂大爺的伎倆。」

仔細一瞧，七實的指尖又尖又利，

不，又尖又利的是她的指甲。

她的指甲生長得猶如刀刃一般。

「什、什、什麼!?」

「這個忍法我只看過一次，當時情況又匆促，所以頂多只能生出兩寸長；不過下一回我應該能使得更好。」

忍者決計不會屈服於拷問。

七實打一開始便明白這一點。

既然如此，她為何將螳螂綁在樹上？

非但如此，她故意不將螳螂的雙手反綁，又貿然靠近，引他攻擊！

「啊，啊啊啊啊——」

蝴蝶一面顫抖，一面慟哭。

他的顫抖是出於恐懼，抑或憤怒？

又或只是肉體至死的過程之中所生的痙攣？

「妳、妳竟然——如、如此輕易地學會真庭忍法——我、我們費了多少心血——下了多少苦功——豈有此理，豈有此理，豈有此理，豈有此理，豈有此理！」

「是啊！所以我才羨慕你們，能為了芝麻綠豆大的事全力以赴。你們定沒想過無所不能的人有多痛苦，無法竭盡全力的人有多難受吧？」

真庭蝴蝶使盡僅剩的力氣，試圖抓住鑢七實；但七實冷淡地避過，一面望著自己被血染紅的衣物，一面拉開距離。

真庭蝴蝶還沒來得及抽死前的最後一根菸，便命喪黃泉了。

七實冷眼瞧著他的屍體，一臉無趣地嘆了口氣。

「好啦……應該有人在一旁觀戰，不知人在哪裡？要說能將此地一覽無遺之處，便是——」

四章 一億病魔

■

■

咎女曾評論現任的日本第一高手——墮劍客錆白兵為生錯時代的男子，而這個評價極為正確。他是個該生長於戰國時代的男子；倘若他生對了時代，與虛刀流開山祖師鑢一根、打造了千把變體刀支配戰國的四季崎記紀共濟一堂，或許歷史即會改寫——至於那改寫後的歷史是否為原來應有的面貌，便不得而知了。

此事姑且按下不表，轉回正題。套用咎女的說法，倘若錆白兵是生錯時代的男子，那麼鑢七實便是根本不該出世的女子。

她不費吹灰之力而臻顛峰。

多少習武之人嘔心瀝血方能習得的極致武學，她卻能不勞而得。

這種天賦異稟、奇才異能，

已不是區區才能二字所能言喻。

正因為她太過傑出，

老天爺才給了她懲罰。

■　■

真庭蟲組最後一人——真庭蜜蜂立即展開了行動。

就大局觀之，他大可做其他選擇；比方多數人在這種情況下會選擇的暫時撤退。

虛刀流掌門之姊竟是如此高手，遠在真庭蟲組的意料之外。「獵頭螳螂」與「無重蝴蝶」接連敗北，同為首領，本領卻差上他們一截的蜜蜂又豈是她的對手？

老實說，蜜蜂也想選擇撤退。擄虛刀流掌門之姊為人質的這條計，顯然已是破綻百出；要是一開始知道那雌兒如此厲害，他們早另謀他法了，壓根兒不會靠近這座島。暫時撤退另定良計，確實是最為妥當的選擇。

只不過，他們當初棄船而擇忍法渡海，反而成了弄巧成拙之舉。如今蝴蝶已死，蜜蜂孤身回不了本土。這座島林長草豐，儘管身為忍者的蜜蜂懂得紮木造筏，可以乘筏渡海；但要造出一具木筏得花費不少時間，難保對方不會發現自己的存在。

倘若七實認為蝴蝶是最後一人——認為上島來的忍者只有螳螂與蝴蝶兩人，自是再好不過；但天下間豈有如此便宜之事？照常情推論，自然是有二便有三。只怕蜜蜂忙著紮木造筏時，冷不防地就被七實從後偷襲。

蜜蜂已無路可退，連欲撤退亦不可得。

縱使他心中百般不願，也只能挑戰七實。

既然要戰，便該立即行動。

蝴蝶與鑢七實的那一戰，坦白說是敗得一塌糊塗；不過蝴蝶不愧為真庭首領，並未白輸。

他給了遠處旁觀的蜜蜂極為有益的情報。

鑢七實得勝之後，身子一軟，單膝跪地，連連咳嗽，喘息不止。

這並非蝴蝶搞的鬼。蝴蝶使盡最後的力氣欲抓住她時，被她輕輕鬆鬆地一閃而過；可見得她現在的症狀，是出於她本身的毛病。

鑢七實體力不濟。

她身子極為羸弱，殘敗不堪。

那蒼白瘦弱的身軀竟能酣戰，說來已是極為了得；不過她未被蝴蝶擊中半次便累成這副德行，不配稱為一個武人。

即使奇策士咎女得知七實的實力遠勝七花，只怕也不會選擇七實與自己同行吧！七實的武功雖高，卻不持久，更不適合長途跋涉。

七實虛虧孱弱，乃是她的致命傷。

她縱能得勝，也無法一路贏下去。

既然如此，蜜蜂便與她連戰。

她先後與螳螂及蝴蝶交手，疲憊未除；因此蜜蜂更該打鐵趁熱，免得枉費了兩位弟兄的犧牲。

正如蝴蝶所言，蟲組的交情，可是死了也不會斷的。

話說回來，實在可惜至極。

若是真庭忍軍再派出三個人——不，再派出兩個人來到不承島上，縱使那雌兒有通天本領，定也能擄了她回去。只不過，大名鼎鼎的真庭忍軍豈會為了擄一個女流之輩而出動五、六個首領？萬萬不可能。便是三個人都已經嫌多了。

是以蜜蜂身為蟲組的最後一人，也只能孤身挑戰鑢七實——縱使這並非明智之舉。

——這次的任務，原不該以命相搏的。

不該如此。

這本來只是為了從虛刀流掌門鑢七花與奇策士咎女手中奪得完成形變體刀的一步棋而已，卻落得這種局面。

「……………」

不過，蜜蜂可沒笨到光明正大地正面挑戰。

螳螂與蝴蝶贏不了的對手，蜜蜂斷無可能取勝——更何況她還吸收了螳螂與蝴蝶的忍法。

忍法合爪。

忍法足輕。

蜜蜂親眼目睹她運用他們倆的忍法制伏了蝴蝶，雖然難以置信，但從他們之間的對話亦可明白，那雌兒似乎能學會敵人的招數。

能學會忍法足輕，倒還可以理解；畢竟那只是種步法，或許渡海是不成，不過光是學個一、兩步的話，就連蜜蜂也辦得到。但忍法合爪呢？這個奇招須得刻意改造人體方可使出，為何她能輕而易舉、理所當然地施展？實在教人費解。

猶如一場惡夢。

真庭忍軍十二首領之一真庭蝙蝠的忍法骨肉雕塑，能完全複製他人的樣貌身形；但這招只能複製樣貌身形與身體能力，並無法習得對方使用的招式。

那個娘兒們居然能夠？

不過，這是蝴蝶賭命託付自己的情報——

蜜蜂不能不信，不能不承認。

雖然數目上是一對一，實際上卻等於同時以一對上鑢七實、真庭螳螂與真庭蝴蝶三人。

即便蜜蜂不是真庭忍軍之人，也不會正面挑戰的。

——幸好她生長於孤島。

若是讓那雙眼見識了天下——思及此，蜜蜂毛骨悚然。

將她囚禁於無人島之上，是正確的判斷。

當然，七實的那雙眼是禁錮於不承島之後——因禁錮孤島而生成的，因此真庭蜜蜂的這個念頭其實不盡正確。無論如何——

——蜜蜂只能出奇制勝。

他得在對手察覺之前分出勝負。值得慶幸的是，真庭蜜蜂的忍法正適合目前的狀況。

忍法彈指撒菱。

此招乃是以拇指彈射忍者慣用的暗器撒菱，讓撒菱如彈丸般直射而出。撒菱本是逃走時使用的暗器，但蜜蜂別出心裁，將它用之於攻擊。蜜蜂的彈指功夫素有百發百中之譽，即便是不適於彈指射出的撒菱，到了他的手中，依舊是彈無虛發。是以他雖是蟲組三首領之中唯一佩帶大太刀者，但刀於他而言卻只是備用兵器。

「棘刺蜜蜂」。

彈指撒菱——這種遠距離攻擊，正是蜜蜂的看家本領。

此招的射程長達二十丈。

彈指撒菱與忍法合爪及忍法足輕相較雖然稍嫌遜色，但在這個時代，遠距離攻擊的優勢可說是不言而喻。再者，彈指撒菱與火槍不同，既無火藥味，亦無聲音，不易為人察覺。方才蝴蝶屏息接近那雌兒，竟被發現；反過來說，只要別像蝴蝶那般接近，便不會被察覺。

蟲組的靈敏五官，於此時便派上了用場。

真庭蝙蝠的手裏劍砲，只要有半數打中敵人便已是難得佳績；但蜜蜂的彈指撒菱卻是單點突破的精密射擊，只要下手時不被察覺，任鑢七實本領再高，也無從躲起。不過，難保那雌兒與螳螂及蝴蝶交手過後沒獲得蟲組超乎常人的敏銳感覺，還是小心為上；因此蜜蜂決定從射程的最外圍——二十丈之處攻擊她的後心。

蜜蜂的彈指撒菱百發百中，決計不會失手。

他對於命中率有絕對的自信。

只不過，離得過遠，撒菱便失卻了殺傷力；縱能穿透皮膚，嵌入肉中，也無法傷及骨頭與內臟，即便那雌兒身子再弱亦然。

所以得用毒。

在撒菱上抹毒。

毒不須致死，只須讓她昏厥即可。忍者用毒是天經地義，說不上卑鄙；反倒是那雌兒不勞而獲的異能才是卑鄙呢！

說真格的，其實蜜蜂巴不得使用致命毒物；他認為殺之以絕後患，方為上策。

鑢七實太過厲害，難以利用，能否發揮人質的功效，值得存疑。

不過這個念頭違背了螳螂與蝴蝶的遺志；身為蟲組的最後一人，蜜蜂務必得代他們倆完成任務。

即使三人之中死了兩個，只要有一人存活，便是得勝。

這就是忍者的生存之道。

他要活下來，從奇策士咎女與鑢七花手中奪得三把變體刀！

「保佑我吧！螳螂大哥、蝴蝶大哥——」

真庭蜜蜂手持撒菱，趴在地上埋伏；他伸長手臂充作火槍槍身，瞄準了走在二十丈前的鑢七實。

七實打敗蝴蝶之後，將蝴蝶的屍身擱在原處，搖搖晃晃地邁步離去；蜜蜂見機不可失，便瞄準了她的衣帶打結處上方，蓄勢待發。

百發百中的精密射擊所不可欠缺者，便是強韌的精神。不容失手的念頭往往會成為巨大的枷鎖；撒菱上抹有毒物，倘若一時用力過猛，傷了手指，可就沒戲唱了。

機會只有一次。

撒菱帶毒，無須瞄準要害，只要擊中身體便能發揮效果；往身體中心招呼，是最為穩當的法子。

萬一不慎失手，那雌兒鐵定能立時分辨撒菱飛來的方向，一口氣拉近距離。

無論如何體弱多病，她畢竟已習得了忍法足輕，別想再有準備下一枚撒菱的機會。

從那雌兒以手刀貫穿蝴蝶胸膛的手法看來，她對於殺人毫無遲疑，教人難以相信她是個生長於孤島又無實戰經驗的人。想必她殺害螳螂時的手法亦是一般俐落。

因此，百發百中尚不足夠，務必得一擊得手才成。

我的精神足以辦到嗎？
能。
我和螳螂、蝴蝶一樣，也是首領。
「忍法——彈指撒菱。」
灌注真庭忍軍的傲氣。
蜜蜂瞄準鑢七實背上，射出了塗滿神經毒的撒菱。

■ ■

回想之三。
這是本回最後的回想場景。
這次又是幾年前之事？
並非一年前，亦非二十年前——
而是更早以前的故事。
時值鑢七實流放孤島之前。

當時她臥病在床，整個身子如燃燒般發熱，痛楚支配了全身。她痛苦異常，卻連小指頭也無法動上一動，腦袋裡似乎不斷響著雜音；她睜不開眼，彷彿天下間的所有苦楚全都塞在自己的小小身軀裡一般。

——她隨時可能喪命。

七實聽見大夫在枕邊如此說道。

那大夫大概以為七實已然昏迷了吧！

——不單是隨時可能喪命。

大夫繼續說道。

他略微側首，臉上滿是不可思議的神色。

——她至今未死，已教人匪夷所思。

——這孩子為何還活著？

七實的記憶便在此處中斷。

如沙塵暴似的影像與雜音綿延不絕地持續，猶如故障一般。不久後，視野逐漸穩定下來。

——可憐的孩子。

一道聲音混著雜音傳來。

那是道婦人聲音。

七實立即領悟那是娘親的聲音。

娘待在枕邊，大夫去了哪兒？

還有，爹呢？

弟弟又去了哪裡？他人應該在這兒的。

大夥兒都到什麼地方去了？

為何只有娘在這兒？

——真是個可憐的孩子。

娘親猶如自言自語似地喃喃說道。

實際上，那確實是自言自語。

若說七實現在神智仍維持清醒，只怕沒人肯相信。就連七實自己也不明白，為何她渾身痛楚，卻仍未昏迷。

如果能昏厥過去，該有多幸福？

倘若能一死百了，該有多幸福？

——妳是個可憐的孩子。

娘親幾近執拗地反覆說道。

——真的好可憐。

——連要死得痛快點兒都不成。

——好可憐。

七實的記憶再度中斷，眼前便如籠罩著雲靄一般。七實因高燒而睜不開眼，照理說，記憶中是不會留下影像的；她只聽見聲音，母親是否真在身旁，她並無把握，或許只是在痛苦之中聽見的幻聽。

這段回憶是否真的存在過，她也不明白。

再說，事關她娘……事關那個女人，她便恨不得忘得一乾二淨。都是因為那個女人，才害得爹、我和七花流放孤島。

回想結束。

七實察覺背後撒菱劃風而來之聲，回過了頭；然而撒菱已不偏不倚地擊中了她的身子。

撒菱貫穿衣物，上頭的刺將七實的腹部戳得皮開肉綻。

一旦中了撒菱，便無可補救。

真庭蜜蜂彈出的撒菱乃是特製，刺上帶鉤，刺中便不易拔出；拔除時若不小心謹慎，連手指都會跟著被刺住，而在中撒菱者手忙腳亂之際，毒性便漸漸行遍全身。

七實身子一晃。

她勉力站住腳，但腳步極為蹣跚。

「…………」

雖然步履蹣跚，七實仍定睛凝視撒菱飛來的方向，眼神冷靜得完全不似剛中暗算。

她的肌膚原就蒼白，看不出毒性的運行狀態，但毒性應該已從腹部擴及全身了。

「誰……在那兒？」

七實疲軟無力地喚道，真庭蜜蜂則正大堂皇地從樹林之後現身。

在這種狀況之下，他仍然小心謹慎，手中扣著撒菱。

只要七實一有可疑舉動，他便會立刻射出撒菱；當然，手上的撒菱也抹著同樣的毒物。

「我是真庭忍軍十二首領之一，真庭蜜蜂。」

「……鑢七實。」

與蜜蜂相較之下，七實報起姓名顯得相當短促；或許是毒性擴散，舌頭變得不甚靈光吧！

「是妳殺了我的兩個弟兄？」

「對。」

七實一面徐徐環顧四下，一面說道。

「是我殺了螳螂大爺……與另一名喚做蝴蝶的大爺。」

「哈哈哈！」

蜜蜂輕輕嘲笑七實。

「犯不著這麼四下提防，我是最後一個了。對上現在的妳，我一個人便綽綽有餘。」

「……你抹了毒？」

「沒錯，我抹了毒。」

蜜蜂的腳步顯得小心翼翼，神情卻對於勝利有著十足把握；他的撒菱依舊瞄準七實，嘴上說道：

「放心吧！毒不致死，只是教妳安分一陣子而已。妳應該聽螳螂大哥及蝴蝶大哥說過了吧？我的目的並非在妳，而是令弟。說得更正確一點兒，是令弟集得的完成形變體刀。」

「……………」

「老實說，我巴不得乾脆殺了妳，但這麼做只能發洩我弟兄被殺的怨氣而已。螳螂大哥及蝴蝶大哥的怨氣，得在奪得變體刀之時才能消散。」

「你的話……挺多的。」

七實搖搖晃晃地退後數步，倚在身後的樹木之上，方才得以勉強維持站姿而不跪地。

「人一占上風……話就會變多；即便是忍者……似乎也不例外。」

「…………？」

她這番話，想來是暗指螳螂受拷問之時並未多言，以及蝴蝶在動手之前並未透露來人數目之事。的確，蜜蜂或許一時多言，但事到如今，這些話說了也無妨。再說——

「那當然。妳又何必得意洋洋，活像發現了什麼前人未知的大道理一般？」

「這倒是我失禮了。誰教我這二十年來幾乎沒見過生人……不大懂得人性；眼下有機會，自然想多瞭解一番。」

「……妳可真能挨啊！」

蜜蜂對著七實低聲說道。

「我用的毒物雖然不致死，但換作尋常人，此時早說不出話來了。為防萬一，我是否該再射一枚？」

說著，蜜蜂扣緊撒菱。

他刻意高舉撒菱，以示威脅。

蜜蜂與七實之間的距離約有一丈；七實雖已負傷，卻還能站著，接近她太過危險。莫說她已習得忍法合爪，即便不懂，誰知她另有什麼詭譎伎倆？

再說，一丈便已足夠。

在這種距離，彈指撒菱已能殺人；倘若蜜蜂不小心斟酌手上的勁道，撒菱即會貫穿七實的身子。

「那是你的忍法？」

「不錯，名曰忍法彈指撒菱。」

「呵……呵呵呵！」

七實看來雖痛苦不堪，仍勉強露出笑容。

那笑容孱弱，卻充滿邪氣。

「讓我看到你的忍法，你不擔心麼？」

聽了這句話，蜜蜂明白七實已知道他從旁偷窺蝴蝶與她交手；不過事到如今，這已經無關緊要。

蜜蜂說道：

「讓現在的妳看到什麼都無妨。縱使妳是個不世出且空前絕後的天才，也決計使不出忍法彈指撒菱。」

蜜蜂依舊瞄準著七實，繼續說著。

「我這招和螳螂大哥的忍法合爪及蝴蝶大哥的忍法足輕不同，須有撒菱方能使；即便妳學會了，手上無撒菱，豈能使出？妳總不會隨身帶著忍者慣用的暗器吧？」

「……………」

「鑢七實姑娘，妳似乎自負武功高強，不過現在的妳無論說什麼，聽來都只是死鴨子嘴硬而已。」

「……我從未自負武功高強。」

七實說道：

「是你們的武藝太過低微。」

「哈！這句話我也當是妳死鴨子嘴硬，不和妳計較……只要妳答應不做無謂的抵抗，我保證不做無謂的攻擊。如果妳肯順從我，乖乖當人質，我自無傷害妳之理。我也是個男人，不忍心損傷妳的冰肌玉骨啊！」

「多謝垂憐。」

七實說完這句話的同時，身形一動。

不，是她試圖行動。

她原欲一個箭步衝向蜜蜂，卻被蜜蜂無聲無息地射出的撒菱制住了。即便蜜蜂沒出手制人，瞧她那模樣，只怕疾衝之後緊接著便是倒地，能否摸著蜜蜂的衣角，還是個問題。不過蜜蜂甚至不容許她倒地。

這次撒菱正中她的腹部。

劃破衣物，穿透皮膚，嵌入肉中。

七實為這股勁道所逼，狠狠撞上了背後的樹幹。

「嗚！」

她的喉頭之間湧出了一口氣。

接著，她的身子順著樹幹滑落，再也支持不住，蜷伏於樹根之上。

她那迷茫無神的雙眼朦朦朧朧地凝視著蜜蜂。

「……………………」

「怎麼，說不出話來了？」

蜜蜂嘴上如此說道，手裡已不再扣上撒菱。

與其說是已無必要，倒該說是不敢。縱使是不致死的神經毒，連發三枚亦有奪命之虞，尤其七實身子骨弱，更是禁不住。若要發出第三枚，可得先將撒菱上的毒洗掉才成。

因此，真庭蜜蜂採取了替代方案。

他拔出了腰間的大太刀。

「……………………」

七實見了那閃閃發光的刀刃，並未有太大的反應，只是不住地喘息。說不定她眼睛雖然睜著，其實已然昏厥了。蜜蜂猜想她少說也已處於極度朦朧的狀態。

再怎麼厲害的高手也勝不過毒與病。

「雖然妳現在乖巧得很，待到毒性消退，鐵定又是故態復萌。我這個人向來客觀，深知妳的武功高出我許多；既然如此，就該趁妳還乖乖的，趕緊把妳那雙手砍下來。」

「……………」

「放心，疼不到哪兒去。我沒有折磨手下敗將的興趣，行遍全身的毒正好能替妳止痛。別怨我，要怨便怨妳自己太厲害，教我連饒妳一條手臂都不敢。」

說著，蜜蜂舉起大太刀，接近蜷伏於樹根上的七實。七實依舊沒有反應，即使見了蜜蜂高舉大太刀亦然。

「──喝！」

蜜蜂大喝一聲，來勢洶洶，欲將七實的手臂連著背後的樹幹一併砍斷！

「……………!?」

蜜蜂以為自己得手了。

但實際上，蜜蜂的大太刀砍中的只有她背後的樹木；刀身自樹幹直劈而下，深深嵌入樹根之中，並未砍中人。有種劍招可收隔山打牛之效，但真庭蜜蜂只是個忍者，並非劍客，自然無法使出如此深奧的絕招。

那麼，鑢七實人呢？

蜜蜂從一頭霧水之中回過神來，心念一動，然而為時已晚。他的肩頭閃過一陣劇痛，仔細一看，肩上深深地嵌著帶刺的撒菱。

劃破忍裝，穿透皮膚，嵌入肉中。

「……什麼，咦……」

這陣劇痛教蜜蜂險些軟倒，但他用盡了力氣苦撐，回頭一看，只見鑢七實就在他身後，並未倚著任何物事，也未擺出任何架勢，只是懶洋洋地佇立著。

蜜蜂還記得她稱呼這種雙臂自然垂下的姿勢為——

第零式「無花果」。

「什麼……妳、妳是幾時到我身後的？」

「……忍法足輕。」

七實平靜徐緩地說道，一邊嘆了口氣。

「……再加上虛刀流的步法。嗯，雖然尚不足以瞬間移動，但要達到這麼點兒速度似乎還不成問題。」

接著，鑢七實伸出右手，演了招彈動拇指的手勢給蜜蜂看。

「呃，我記得……這招叫做忍法彈指撒菱……是麼？」

「什麼——」

其實蜜蜂只須看看他肩頭上的撒菱，便不用再問任何問題或為任何答案驚訝。

用膝蓋想也知道，七實以幾近瞬間移動的身法避過蜜蜂的大太刀之後，又立刻轉守為攻；而她進攻用的招式偏偏便是彈指撒菱！

「怎麼，妳居然有撒菱？這麼碰巧？前文可從沒提過妳持有撒菱——」

「你不是給了我兩個？」

說著，七實停止彈指，比了比自己的衣裳。劃破衣物的撒菱如今只剩下一枚。

另一枚撒菱——起先蜜蜂射出的撒菱，已不見蹤影。

「彈指撒菱——能從遠方進攻確實不賴，可惜一旦出手攻擊，便等於將暗器雙手奉送給敵人。」

「什麼——可、可是！嵌進肉裡的撒菱豈有這麼簡單拔出來！刺上可是帶著鉤啊！」

「所以——」

這會兒七實舉起左手。

她的左手指甲長得格外古怪，直與刀刃無異。

忍法合爪——

「我連周圍的肉一併挖起來了。」

「…………！」

蜜蜂的視野一陣扭曲。

七實自抉己肉，固然令蜜蜂震驚；但蜜蜂此時頭昏眼花，並不光是因為這個緣故。七實打的是自己方才射出的撒菱，代表撒菱上有毒，而毒性已在轉眼之間行遍全身！

「豈、豈有此理……不過看了我使忍法彈指撒菱一次——」

「不是我要客套，這招真的頗為難使；我瞄準的是背上，沒想到竟歪向右上方……非但如此，距離這麼近，威力卻遠不如預期。如果情況允許，我真希望能看上兩回，將這招式學得透徹些。」

「嗚，啊……」

蜜蜂啞口無言。

是因為中毒？

或是因為懊悔？

他的身體不聽使喚。

不，慢著，別氣餒，別分心，勝負尚未分出。蜜蜂雖然身中撒菱，但並未傷及要害；相較之下，反而是硬生生挖出撒菱的七實負傷較為嚴重。更何況蜜蜂只中了一枚撒菱的毒，七實卻中了兩枚；從體格判斷，自然是對蜜蜂較為有利——

「——咦？」

此時蜜蜂才總算察覺。

毒呢？毒性打哪兒去了？

無論是忍法足輕、虛刀流步法、忍法合爪或是忍法彈指撒菱，皆非在中了兩發神經毒的情況之下使得出的招式！

她明明險些昏厥啊！

痛楚呢？

她方才的痛楚又打哪兒去了！

「哦，那是我在作戲。」

七實若無其事地說道：

「不致死的毒物，對我來說什麼也不是。我知道你們的目的是活捉我，縱使撒菱上抹毒，也要不了人命。」

「什麼……」

什麼？瞧她的語氣，好似那兩枚撒菱她其實躲得過，只是故意挨下而已！好似她是為了引蜜蜂大意，才裝出被逼到絕路的模樣！

為了仔細觀看彈指撒菱。

為了引誘真庭蜜蜂吐露情報。

為了確定來到島上的忍者只有三人——確定蜜蜂為最後一人，才故意設下陷阱！

「嗚……啊，啊，嗚，嗚哇哇哇……」

蜜蜂的舌頭打結。

毒性發作了。

這種毒怎麼可能什麼也不是？豈有此理，天下間豈有這種道理！縱使鑢七實是不世出且空前絕後的天才……再怎麼厲害的高手，也無法勝過毒與病啊！

蜜蜂不過中了一枚撒菱的毒，全身便已疼痛欲裂！

「……疼痛欲裂？」

七實一面以左手指甲挖抉刺入體內的另一枚撒菱，一面面不改色地說道：

「這麼點兒毒性對我而言，猶如家常便飯。」

「…………」

「借用你的詞兒，正好能替我止痛。苦楚與疼痛於我便似老友，再增加一、兩個，壓根兒不痛不癢。不，該說是抓了便痛，不抓便癢吧？」

鑢七實是個不該出世的女子。

她不費吹灰之力而臻顛峰。

多少習武之人嘔心瀝血方能習得的極致武學，她卻能不勞而得。

這種天賦異稟、奇才異能，

已不是區區才能二字所能言喻。

正因為她太過傑出，老天爺才給了她懲罰。

老天爺賜與她一億隻病魔，祂肆無忌憚地將隻隻致死的病魔盡數塞進她的身體，讓病魔在她的體內交互作用，肆無忌憚地折磨她。

然而她的天賦異稟，連病魔都能拒於門外。

連毒與病都能拒於門外。

無論她如何難受，如何痛苦，如何垂死，她的身子絕不選擇死路。她病弱得無以復加，虛虧得無以復加，卻將死而不死，苟延殘喘。

半死半活這四個字並不適合她。

她是半死不活。

她的身體擁有超乎常人的治療能力，與一億隻病魔分庭抗禮。

她以指甲抉肉在腹部留下的傷口，想必過不多時便會消失得無影無蹤吧！

蜜蜂懂了。

懂了這雌兒缺乏實戰經驗卻能毫不猶豫地殺害螳螂與蝴蝶的理由——因為對她而言，死亡便和苦楚與疼痛一樣，是她的老友。

所以，她壓根兒不把死亡、殺人或被殺當一回事。

「我真的好羨慕你們。」

七實挖出撒菱，一面留意著上頭的棘刺，一面在手中把玩；她瞥了蜜蜂一眼，說道：

「我真的打從心底羨慕身強體健的你們。我根本不想要這種才能，我想要的只有健康的身體與渺小的夢想。」

無法實現夢想的身體。

無須懷抱夢想的才能。

這兩樣物事，她都不想要。

「唔……啊啊啊啊啊啊啊啊啊啊啊啊！」

真庭蜜蜂使盡渾身的力氣仰天長嘯，宛若欲將聲音傳入真庭螳螂、真庭蝴蝶、長眠於這座島上的真庭蝙蝠以及在集刀途中犧牲的真庭白鷺與真庭食鮫耳中一般。

「還早！我還沒輸！妳這臭婆娘都能忍住的毒，我怎麼可能挨不住！我還能戰，接著是精神力的勝負！我不能在此耗盡氣力，我還能戰！」

「不，我想你不能。」

但這拚死的叫聲卻傳不進鑢七實耳中。

「你肩頭的那枚撒菱之上除了你原先淬的毒，還有我另外抹上的毒。」

「…………！」

「便是最先偷襲我的忍者——螳螂大爺的臼齒之中所藏的毒……前文確實提過我取走了這種毒，是不是？若是血中被注入了這種毒，連我也會死。」

七實又說道：

「用毒可說不上是卑鄙吧？」

「啊……啊啊……啊啊啊啊……」

自戕用的毒，乃是致死毒物。

勝負已然分出。

比較體格、精神已毫無意義。

無從閃避的絕望令蜜蜂的臉色發青。

不過，他的臉色再怎麼鐵青，也不及半死不活的鑢七實。

「……現在請你做個選擇吧！」

真庭蜜蜂仍未軟倒，卻已束手無策，只能呆然而立。

「你要死於劇毒？或是死於刀下？」七實對他說道。

「…………………」

「正好我有個招式想試試。在他離開島上之前我瞧了一回，卻沒親自嘗試過……當然，無論你選擇何者，我都無所謂。」

面對這道問題，真庭蜜蜂露出抽搐的笑容，毫不遲疑地回答：

「用刀殺了我吧！若是死於自戕用的毒，我可無顏面對弟兄們了……希望妳能將我和其他弟兄合葬。」

「明白了。」

七實將手中的撒菱丟到一旁，垂著雙手，以著無架勢的自然體緩緩走向蜜蜂。蜜蜂靜靜受死，並不做垂死的掙扎；島上已沒有其他弟兄在旁觀戰，垂死掙扎並無意義。

「虛刀流有七式絕招，同時以這七式絕招攻擊對手，便是虛刀流的第八式絕招，亦是最終絕招——」

第一招‧「鏡花水月」。

第二招‧「花鳥風月」。

第三招‧「百花繚亂」。

第四招‧「柳綠花紅」。

第五招‧「飛花落葉」。

第六招‧「錦上添花」。

第七招．「落花狼藉」。

「——虛刀流，『七花八裂』！」

■ ■

真庭蟲組於不承島上全滅。

如蝴蝶般飛舞，如蜜蜂般螫刺，如螳螂般捕食，如蟲蟻般死去。

他們這一戰是發生於無人島之上，因此消息自然得等好一陣子以後才能傳回本土；不過，真庭忍軍十二首領數量大減，於真庭忍軍，於奇策士咎女及鑢七花的集刀之旅都將產生莫大的影響。

要問理由為何——

「…………」

鑢七實站在沙灘之上。

她仍舊是一身血衣。

她本就生得弱不禁風，如今看來更顯得面目消瘦。

連打三場以命相搏的硬仗，對她虛弱的身子確實危害甚鉅；雖然結果是三戰三勝，但她贏得其實並不輕鬆。

蜜蜂當時估算再派出兩人前來便可得勝，其實只須再來一位真庭忍軍的首領，七實大概便撐不住了。她

這會兒沒嘔血已是奇蹟。

她望著大海。

望著大海彼端的本土。

望著弟弟與白髮奇策士共同跋涉集刀的日本。

「……我終究是看見了。」

七實看了看手中的入鞘大太刀，鬱鬱地嘆了口氣。

這把大太刀乃是真庭蜜蜂之物。

沒錯。

當真庭蜜蜂揮刀欲斬七實的手臂，卻砍裂了七實背後的大樹時，七實瞧見了蜜蜂的劍法。

她看見了。

終究是看見了。

「我是虛刀流之人……這下卻學會了刀的用法。」

這座島禁止攜帶兵刃進入，因此這是七實學得觀習近二十年以來，首次見到旁人施展劍法。

這倒不是無心之過。

七實拿拷問當幌子，誘騙真庭螳螂使用忍法合爪，又刻意引誘真庭蜜蜂使出第二次彈指撒菱。

同樣地，她是故意引蜜蜂揮刀的。

虛刀流便是不使刀劍才厲害。

比蟲組早三個月來到此島的真庭蝙蝠曾曰：「不使刀劍的劍客用起刀來，總強過不用刀。」

說來湊巧，鑢家的一家之主驗證了這句話。

比天才更為高明的天才於焉成形。

「話說回來……七花也真是的，誇口說什麼最終絕招？其實這招有個天大的弱點啊！這種招數根本不配稱為絕招。我也太不中用了，沒實際使過，竟無法發現……我得快去告訴他，免得他日後吃了虧。不——」

七實心中盤算著下一步行動。

她徐徐地遙望大海的彼端。

嘆了口深沉的氣。

她依然極適合嘆息。

接著她緩緩開口。

露出了一抹充滿邪氣的微笑。

「不如我也來加入集刀行列吧！」

終章

■■

四月將盡。

九州地方的豐前渡頭，出現了引人矚目的兩人組合——其中一人是年輕女子，衣著豪奢，一頭白髮於海風之下翻飛；另一人為留著總髮的男子，上身赤膊，長得人高馬大。

想當然耳，日本雖大，如此奇妙的搭檔卻是絕無僅有。

這兩人便是奇策士咎女與虛刀流第七代掌門鑢七花。

他們倆靜靜地望著海洋，由那臉上的神情，可看出他們剛成就了一件大事，與前些日子在周防之時判若兩人。

「話說回來，那還真是場硬仗啊……」

首先開口說話的是咎女。

「嗯，確實是場硬仗。」

聞言，七花亦感觸良多地附和：

「不愧是日本第一高手，我從未如此苦戰過。錆白兵——我想我一輩子不會忘記這個名字。」

「不錯，爾勝得驚險萬分，若說為聖地巖流島添了筆新歷史，也不為過啊……」

「是啊！所謂九死一生之戰，莫過於此。假如沒有咎女的計策，只怕我現在已經一命嗚呼啦！」

「此言差矣，若無爾高超的劍法，我的奇策豈有用武之地？沒想到我的計策竟能進行得如此順利，呵呵！我對爾刮目相看啦！」

「我對妳則是越愛越深啦！」

「快別這麼說。這次爾與錆白兵單打獨鬥，並勝了他；如此一來，日本第一高手之名便由爾繼承了。」

「日本第一高手……到現在我仍如置身夢中，感覺不大真實。話說回來，錆展露的那幾手劍法，真教我大開眼界！一開始對陣時所用的那招步法——爆縮地，便令我大吃一驚，沒想到天下間竟有比『杜若』更為輕盈靈活的步法。」

「我倒是對那招刀柄、刀鞘並用的逆轉夢斬印象深刻。據說錆便是習得此技才獲得劍聖稱號，今一見果然名不虛傳。」

「不不不，我認為那招能將刀刃伸縮自如的奇技──速遲劍，才是虛刀流最大的威脅；因為刀雖固定，卻無法掌握其攻擊距離。還有那招足與宇練銀閣的零閃各別苗頭的獨門拔刀術──一揆刀錢，當時若我的腳下沒碰巧坍方，後果不堪設想啊！」

「非但如此，眼看著爾的手刀明明就要砍中他，他卻能看準手刀的落點，以刀相格；這招奪刃之法亦是出類拔萃。他年僅弱冠，體格與我相差無幾，竟能有此身手；雖然此次僥倖得勝，但我們恐怕連他的一成真本事都尚未領教到呢！」

「沒錯。老實說，我根本不覺得自己贏了，到現在仍恍若夢中。這回這場仗，真該感謝神明保佑！」

「不錯，實在僥倖至極。」

「不消說，其中最為特出的，便是以四季崎記紀十二把完成形變體刀之一──薄刀『針』使出的絕招・薄刀開眼。我本來以為薄刀脆弱無比，除了外觀華美以外一無是處，沒想到竟有這等長處與特性。我曾聽說只要使用得當，廢鐵亦能成名刀；但這還不足以形容錆白兵劍法的高深之處。直到當時，我才明白劍客有多麼可怕。」

「不錯。人說錆白兵能一刀斷日，我原以為是浮誇之辭，並不相信，沒想到是我太小覷他了。要是以他那絕招，或許真能辦到——不過，無論過程如何，我們終究是奪得了薄刀……由第三式『躑躅』變招使出的絕招『百花繚亂』……總算讓我親眼見識到啦！與錆白兵正面對決並得勝，可是值得誇耀之事！」

「是啊！否則錆可要死不瞑目了。話說回來，他死前說的那句話教我挺好奇的……那可不是辭世詞啊！他居然說我——說虛刀流是傳奇刀匠四季崎記紀的『遺物』，這話究竟是什麼意思？『記紀的血統』又是何意？錆說他自己是失敗作，他不是被刀毒影響才背叛妳的嗎？」

「我也不明白。他中了刀毒，應是無庸置疑；但說不定錆其實有他不得已的苦衷，只是我們不知道……倘若他所言為真，只要繼續集刀之旅，終有一天應能明白他那番話的含意。」

「也對。薄刀『針』也順利集得，毫髮無傷；這是第四把變體刀，離終點越來越近啦！」

「爾的心情我能體會，不過切忌得意忘形，我們的旅程才剛開始——對了，反正都到九州來了，不如一鼓作氣，再蒐集一把變體刀吧？」

「嗯，好！我沒異議。」

他們倆互相撞擊手臂。

唯有共度難關之人方能建立的穩固情誼萌生於他們兩人之間，這道撞擊之聲便如一種證明。

咎女與七花邁開步伐，離開了渡頭；那看似比過去大上一截的背影飄盪著無比的氣魄。

下一個目的地為薩摩。

所欲蒐集的乃是號稱防禦力天下無雙的賊刀「鎧」，交戰對手則是個海盜頭子。

奇策士與虛刀流掌門的集刀之旅終於結束了序曲，邁入了中盤。

說歸說，七花仍不由得暗自尋思。

日本第一高手錆白兵。

還是不如姊姊厲害啊！

■ ■

如此這般，鑢七花擊敗了錆白兵，登上了日本第一高手的寶座；只是此時的日本尚無她的存在。

鑢家家長，鑢七實。

三個月之後，她將帶著十二把四季崎記紀完成形變體刀中最為凶惡的惡刀「鐚」，出現於他們眼前。

（薄刀・針——得手）

（第四話——完）

（第五話待續）

錆白兵

年齡	二十
職業	墮劍士
所屬	無所屬
身分	浪人
所有刀	薄刀『針』
身長	五尺三寸
體重	七十三斤十二兩
興趣	劍法

必殺技一覧

爆縮地	⇨⇨⇦⇦ 踢
逆轉夢斬	⇧（聚）⇩ 斬
速遲劍	⇦⬃⇩ 突
奪刃	⇦⬃⇧⬂⇨ 斬＋突
一揆刀錢	⇦⬁⇧⬀⇨ 斬＋突
薄刀開眼	斬斬斬（連打）

下回預告

交戰對手	校倉必
蒐集對象	賊刀·鎧
決戰舞臺	薩摩·濁音港

後記

說起 April Fool's Day，便是眾所皆知的愚人節；「可以說謊的日子」——我個人認為，想出這個主意的人姑且不論，但將它發揚光大的人實在很偉大。「可以說謊」……莫非便是因為這個規則太過直率，才能如此膾炙人口？教我有些難以想像。我稍微查了一下資料，發現由來眾說紛紜，不知何者為真？不過呢，一聽到「可以說謊」，反而教人不知如何開口說謊了。就好比當我們想做某件事時，若是有人老大不客氣地命令我們去做，我們反而就不想做了。換個角度想，既然將愚人節定義為可以說謊的日子，便代表其他日子不能說謊；這麼看來，愚人節倒像是一種教化人民不能說謊的反向操作法。只不過，說謊是件麻煩事；平時不常說謊（不習慣說謊）的人一說謊，往往立即被人識破；要這種人在特定的日子說謊，可就難上加難了。當然，我不是鼓吹各位從平時開始練習，只是覺得說謊這種玩意兒，結構似乎也和一般的技能差不多。我想說的是，一個人平常謊話說多了，有時會分不清哪句是真話、哪句是假話；而其中尤為問題的，便是在毫無自覺的情況下說謊。有的謊言是出於誤會或誤解，有的謊言則是說著說著連本人都相信起來了。綜觀上述這些情況，便可知天下間沒有不說謊的人，無論是哪種人，一天至少會說一次謊，有的甚至不是以天為單位，而是以分為單位在說謊。要看穿所有的謊言，於實質上是決計辦不到的；所以相信他人的話語，其實是一種近似豁出去的心態。這麼一想，或許愚人節不該叫做「可以說謊的日子」，而該叫做「被騙也得忍耐的日子」才是。把 April Fool's Day 譯為愚人節的人，比將它發揚光大的人還要偉大。

本書為「刀語」系列的第四卷。鑢七花與奇策士咎女的旅程轉眼間便邁入了第四個月，故事也有了諸多發展。本系列共十二卷，所以目前已經走完了三分之一，餘下三分之二，還有八回的分量。我一方面覺得他們的旅程還很漫長，另一方面卻又覺得剩下的卷數不太足夠，旅程似乎已接近終點。再說，我也希望能多欣賞一些竹的畫作，甚至想過乾脆把本系列改成全二十四卷算了；可是這麼一來，刀的數目便不夠了，只得打消念頭。我一向將出書稱為奇蹟，這個奇蹟已發生了四回，該滿足了。

我祈禱能再發生八次奇蹟。

西尾維新

本書乃應十二個月連續刊行企畫『大河小說 2007』所寫下之作品。

浮文字

刀語　第四話　薄刀・針

（原名：刀語　第四話　薄刀・針）

作者／西尾維新　插畫／take　譯者／王靜怡
執行長／陳君平　榮譽發行人／黃鎮隆
協理／洪琇菁　國際版權／黃令歡
執行編輯／呂尚燁　美術編輯／李政儀
企劃宣傳／洪國瑋
發行／英屬蓋曼群島商家庭傳媒股份有限公司城邦分公司　尖端出版
台北市中山區民生東路二段一四一號十樓
電話：（〇二）二五〇〇—七六〇〇（代表號）
傳真：（〇二）二五〇〇—一九七九
中部以北經銷（含宜花東）／楨彥有限公司
電話：（〇二）八九一九—三三六九
傳真：（〇二）八九一四—五五二四
雲嘉經銷／智豐圖書股份有限公司　嘉義公司
電話：（〇五）二三三—三八五二
傳真：（〇五）二三三—三八六三
南部經銷／智豐圖書股份有限公司　高雄公司
電話：（〇七）三七三—〇〇七九
傳真：（〇七）三七三—〇〇八七
一代匯集／香港九龍旺角塘尾道六十四號龍駒企業大廈十樓B&D室
電話：（八五二）二七八三—八一〇二
傳真：（八五二）二七八二—一五二九
馬新經銷／城邦（馬新）出版集團　Cite(M)Sdn.Bhd.
E-mail：Cite@cite.com.my
法律顧問／王子文律師　元禾法律事務所
北市羅斯福路三段三十七號十五樓
二〇二二年九月二版一刷

■中文版■

郵購注意事項：
1. 填妥劃撥單資料：帳號：50003021戶名：英屬蓋曼群島商家庭傳媒（股）公司城邦分公司。2. 通信欄內註明訂購書名與冊數。3. 劃撥金額低於500元，請加附掛號郵資50元。如劃撥日起 10～14日，仍未收到書時，請洽劃撥組。劃撥專線TEL：(03) 312-4212 ・ FAX：(03) 322-4621。E-mail：marketing@spp.com.tw

國家圖書館出版品預行編目資料

刀語 / 西尾維新 著 ; 王靜怡譯.-- 2版.
--臺北市：尖端出版, 2022.09
面 ; 公分.--(浮文字)
譯自:**刀語**
ISBN 978-626-338-406-4 (第1冊 : 平裝)
ISBN 978-626-338-407-1 (第2冊 : 平裝)
ISBN 978-626-338-408-8 (第3冊 : 平裝)
ISBN 978-626-338-409-5 (第4冊 : 平裝)
ISBN 978-626-338-410-1 (第5冊 : 平裝)
ISBN 978-626-338-411-8 (第6冊 : 平裝)
ISBN 978-626-338-412-5 (第7冊 : 平裝)
ISBN 978-626-338-413-2 (第8冊 : 平裝)
ISBN 978-626-338-414-9 (第9冊 : 平裝)
ISBN 978-626-338-415-6 (第10冊 : 平裝)
ISBN 978-626-338-416-3 (第11冊 : 平裝)
ISBN 978-626-338-417-0 (第12冊 : 平裝)

861.57 111012170